빌헬름 텔

1805년 신년 선물

빌헬름 텔

1805년 신년 선물

프리드리히 실러
Friedrich Schiller

빌헬름 텔
Wilhelm Tell

안인희
옮김

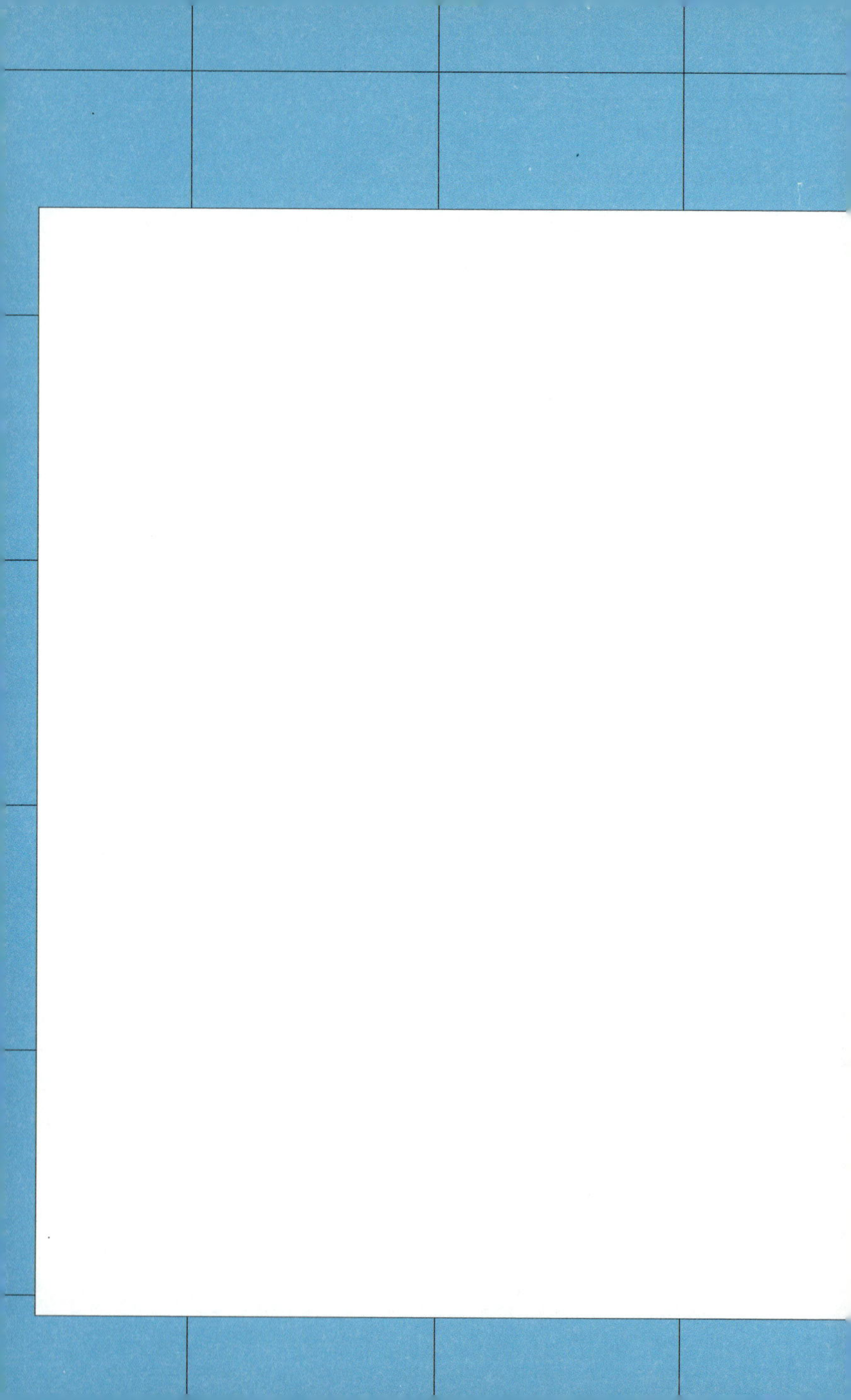

차례

일러두기

1. 번역 대본으로는 Friedrich Schiller, *Sämtliche Werke* Band 2(Carl Hanser Verlag, 1985)를 사용했다.
2. 주석은 모두 옮긴이 주다.
3. 본문 중 굵은 글씨는 원서에서 이탤릭체로 강조한 부분이다.
4. 시(詩)로 된 연극 대본이다. 1행이라도 말하는 사람은 둘 이상이 될 수 있다. 16쪽 62행의 루오디와 쿠오니의 대화를 참조할 것.

> **루오디** (목동에게)
>   이제 고향에 가시오?
> **쿠오니**
>   알프스는 풀이 다 됐소.   62행

5. 외래어 표기의 일부는 국립국어원의 외래어표기법을 따르지 않았다.

등장인물

헤르만 게슬러 슈비츠 고을과 우리(Uri) 고을의 태수
베르너, 아팅하우젠 남작 방기(方旗) 기사
울리히 폰 루덴츠 그의 조카

베르너 슈타우파허
콘라트 훈
이텔 레딩
한스 아우프 데어 마우어   슈비츠 지방민들
요르크 임 호페
울리히 데어 슈미트
요스트 폰 바일러

발터 퓌어스트
빌헬름 텔
뢰셀만 신부
페터만 성물 보관인   우리(Uri) 지방민
쿠오니 목동
베르니 사냥꾼
루오디 어부

아르놀트 폼 멜히탈
콘라트 바움가르텐
마이어 폰 자르넨
슈트루트 폰 빙켈리트   운터발덴 지방민
클라우스 폰 데어 플뤼에
부르크하르트 암 뷔엘
아르놀트 폰 제바

파이퍼 폰 루체른

쿤츠 폰 게르자우

예니 소년 어부

제피 소년 목동

게르트루트 슈타우파허의 아내

헤드비히 텔의 아내, 퓌어스트의 딸

베르타 폰 브루네크 부유한 상속녀

아름가르트

메히틸트　　　농부아낙네

엘스베트

힐데가르트

발터　　　텔의 아들들

빌헬름

프리스하르트　　　고용된 병사(용병)

로이트홀트

루돌프 데어 하라스 게슬러의 마부장

요한네스 파리치다 슈바벤 공작

슈튀시 경지 감시인

우리(Uri)의 피리 부는 사람

제국의 사자

부역 감독관

석수 장인(匠人), 도제들과 막일꾼들

포고령 선포자

죽어가는 자들을 돌보는 수사들

게슬러와 란덴베르크의 기병들

많은 시골 사람, 숲고을의 남자들과 여자들

```
     LS AS ZTS TS AS                                    LA
   ZW  WSTSWT L    TTT TA                               LW
   ATLWTLLTTLS      TTTZ  TA                            An
    SWSTAS      T    T TW SS S                         TLT E
  ZZT SLASWSWSLLWTEALWTWLTST                          WSSwT
  WLT LWWSLT SSwwETETSLSSTSS                          SSSSS
SWZLLS     ASWTSESEWSSWSSwE T                         LwSSS
SSnTLTTSLZ LAESWSRSSWWS TEL                            LAw
WS                        S   S

 S

ZA
 W
ZT
T
T

 T
ZS


SSSRLZLSTTRESSSSSSSSSSSSSS S                           SSSR
 SSSWWESSEEwwwSSSSRSSTISSSS                           S SSn
WSSSSSSSwESSSSSSWSSSTISSSSDED                          SSSSR
SSSSSSSSSSSSSWSSSSsSsSSWWwss                           SSSSS
SSSSSSSWSSSSSSSSWSSSISiSSSSS                          W SSS
SSSSSSSSSSSWISSWSSSSSWSWWSSSS                           WWS
SSSSSSSSSSSWWSSSSSSWSSSiSSS S                           SS
SSSSSSSSSISSSSSSSSsWSSSSSSSS                          W  S
SSSSSSSWWSSSSWSSSSSSSISSssSS                          SssS
SSSSSSiSSSiSSSSSSSSSiSSSISSSS                          SWS
ISSSsSSWSSSSSSISSSWSSSSSSSS SS                       SSS SsS
SSSSSSSSSSISSSSWWSSSSSSSSSiSS                         SSSSS
WsSSSSSSSSSSSWSSSSSSSSSSWS  SSSS        SS         SS     S
SSSSSSSSSSSSSSWSSSSSSSSSSSSSSS                            S
SSSESSSiSSESSSSSSSSSSSSSWSss       SSS
iSSSSIIiISSiiSEiIsSSSWSSSSS    SWSSSS               SS  S
ISSSiIiISSSSSSSWWEEEWSSSSiISSS  Ww                   W
SSWsWWWWS sWSSSSWSWSSSSSSSWWSSSsW
iSSSWSSSSSSsSWSSSWSSSSSSSSSSS  W
SSiiSSSSSSSSSSSSiSSSSSSSSSSS
SSSsSSSSSSSSSSSSSSSSSSSWSSSSSiSSS
SsSiSSSSSSWSSSSWWwSSSSSSSSSWSSSSS
SSSSSSSSSSSSSSSSSSWWSSSSSSSSWSSSW
SSSSSSSSsSSSSSSSSSSSsSSSSSWWSSS                         S
SiSSSSSSSSSSSSSSSSSSSSSwSISSsS  S
SWSSSsSSSiSSSSSSSSWSSSiSS
ISWSSWSSSWSSSSSSSSSSSSSSSI
SSSSWSSSSiSSSSSSSSSSWSSSSS
WSSIiiSESSSSSSSSiSSsSSSW
SSSsSWWSSSSWSSSSWSSSW
SsSSSsIWssSSsIISSSs
     sWSSSSWSSS
```

제1막

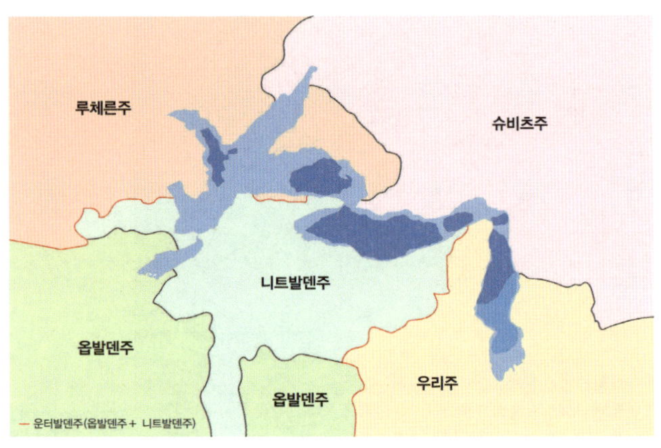

네숲고을호수와 네 개의 칸톤들.

제1장

네숲고을호수.

네숲고을호수, 슈비츠 건너편의 높은 암벽 호숫가. 호수는 육지 안으로 물굽이를 이루었는데, 호숫가에서 멀지 않은 곳에 오두막 한 채가 서 있고, 소년 어부가 배를 젓고 있다. 호수 저편으로 밝은 햇빛 속에 슈비츠의 초록색 초지와 마을들, 궁성들이 자리 잡은 것이 보인다. 관객 왼편으로 구름에 둘러싸인 하켄 산*의 봉우리들이, 오른쪽 먼 배경에는 눈 덮인 (알프스) 산

---

* 스위스 슈비츠주에 있는 '큰전설봉과 작은전설봉(Großer Mythen, Kleiner Mythen)'을 가리키는 옛날 이름.

봉우리들이 보인다. 막이 오르기 전에 목동의 노래와 또한 거기
어울리는 가축의 목에 단 방울 소리가 들리고, 막이 오른 뒤에
도 한동안 그 소리가 계속된다.

소년 어부 (배 안에서 노래한다.)

(목가의 멜로디)

호수는 미소 지으며 헤엄치라 부르네,

소년이 초록 물가에 잠들 제,

　피리 소리같이 달콤한,

　낙원에서 울리는,

　천사의 음성 같은

　한 소리 듣누나.

행복한 희열에 넘쳐 깨어보니

물이 그의 가슴 가에 찰랑이네,

　물속 깊은 곳에서 부르는 소리 있어:

　사랑스러운 소년아, 그대는 **내 것!**

　나는 잠든 이를 유혹하여

　이리로 끌어내리지.•

목동 (산 위에서)

• 잠든 이를 삼키는 호수에 대한 전설은 야코프 쇼이히처의 책에서 가져온 것.

(목가의 변주곡)

초원이여, 잘 있어라!

양지바른 목장이여!

알프스 방목지를 떠나야 하리,

여름은 끝났네.

우리는 산으로 오리, 돌아오리라,

뻐꾸기 울고 노래들이 깨어나면,

대지가 꽃들로 새 옷을 입으면,

사랑스러운 5월에 작은 샘물 졸졸 흐르면.　　　　　　　20

초원이여, 잘 있어라!

양지바른 목장이여!

알프스 방목지를 떠나야 하리,

여름은 끝났네.

알프스의 사냥꾼 (맞은편 암벽 꼭대기에 나타난다.)

(제2의 변주곡으로)

하늘에선 천둥 치고, 오솔길은 진동해,

현기증 나는 높은 길에도 사수는 두려움이 없어.

　　　그가 대담하게 얼음 들판을

　　　걸어갈 제,

　　　봄은 빛나지 않고

　　　풀도 초록이 되지 않아;　　　　　　　30

발밑으론 안개 바다,

그는 사람의 도시들을 알지 못해,

　오직 구름의 틈 사이로만

　세상을 바라보네,

　저 아래 호수들 사이로

　초록빛이 되는 들판을.

(풍경이 바뀐다. 산에서 둔탁하게 깨지는 소리 들리고, 구름 그

림자가 일대를 지나간다)

(어부 루오디는 오두막에서 나오고, 사냥꾼 베르니는 암벽에서

내려오고, 목동 쿠오니는 젖 짜는 통을 어깨에 메고 온다. 목동

조수 제피가 그의 뒤를 따른다)

루오디

서둘러라, 예니. 배를 끌어들여.

잿빛 골짜기 원님*이 오고, 만년설 등성이들 우르릉댄다.

전설산은 구름 모자 썼고, 폭풍 구멍에서

이리로 찬 바람 불어오는 걸로 보아　　　　　　　　　　　40

미처 생각도 하기 전에 폭풍우 몰아칠 테니.

쿠오니

비가 오겠소, 사공, 내 양 떼는 실컷

* 아래로 깊숙이 내려온 구름과 안개.

풀을 먹더니, 망보는 놈이 땅을 긁데.

베르니

물고기가 뛰고 물닭은

잠수하네. 폭풍이 옷을 입었어.

쿠오니 (소년에게)

제피, 가축이 길을 잘못 들지 않는지 살펴봐라.

제피

방울 소리로 보아 갈색 리젤이 있는걸요.

쿠오니

그럼 없어진 놈은 없구나. 그 녀석이 제일 멀리 가니까.

루오디

아름다운 종소리요, 목동 양반.

베르니

멋진 가축도 있고― 그건 당신 거요, 고향분?　　　　50

쿠오니

난 그렇게 부자가 아니라우― 나리 것이지.

아팅하우젠 나리가 내게 셈을 해주지요.

루오디

그 리본이 암소 목에 잘 어울리네.

쿠오니

그 녀석도 제가 다른 녀석들의 앞장을 선다는 걸 안다오.

내가 리본을 떼어내면 녀석은 풀을 그만 먹거든.

루오디

　당신은 약지 못하구만! 분별없는 짐승이—

베르니

　—라고들 말하지. 짐승도 분별이 있다오,

　영양을 사냥하는 **우린** 그걸 알지.

　놈들은 약아서 초지에 갈 때는 보초를 세워요,

　그놈은 귀를 쫑긋 세우고 있다가 사냥꾼이

　가까이 오면 높은 울음소리로 알린다오.

루오디 (목동에게)

　이제 고향에 가시오?

쿠오니

알프스는 풀이 다 됐소.

베르니

　행복한 귀향을, 목동!

쿠오니

당신에게도.

　당신네 사냥길에선 항상 돌아오는 것도 아니니.

루오디

　저기 어떤 이가 급히 뛰어오는구려.

베르니

　내 아는 사람이오. 알첼렌 사람 바움가르텐이네.

　(콘라트 바움가르텐이 숨을 헐떡이며 뛰어 들어온다.)

바움가르텐

제발 사공, 당신의 배를!

루오디

자, 자, 무에 그리 급하오?

바움가르텐

배를 풀어요!

나를 죽음에서 구해주시오! 날 건네줘요!

쿠오니

동향분네, 무슨 일이오?

베르니

누가 당신을 쫓아옵니까?   70

바움가르텐 (어부에게)

서둘러요, 어서, 놈들이 나를 바짝 쫓고 있소.

태수의 기병들이 따라와요.

놈들에게 잡히면 난 죽은 목숨이오.

루오디

기병들이 왜 당신을 쫓나요?

바움가르텐

우선 좀 구해주쇼, 그런 다음 이야기하지.

베르니

당신 피투성이구만, 무슨 일이 있었소?

바움가르텐

로스베르크에 있는 황제의 성주가ㅡ

쿠오니

저 볼펜쉬센이? **그자가** 당신을 쫓으라 했소?

바움가르텐

그잔 이제 해를 입히지 못해. 내가 놈을 때려죽였소.

모두들 (뒤로 물러서며)

당신에게 신의 은총을! 어째 그리하셨소?

바움가르텐

어떤 자유인이라도 내 처지라면 했을 일이오!

내 결혼과 아내를 욕보이려는 자에게

내 집안의 권리를 행사한 것뿐이니.

쿠오니

그 성주(城主)가 당신 처를 욕보였소?

바움가르텐

그자가 나쁜 욕정을 채우지 못하도록

하나님과 내 도끼가 지켜주었지.

베르니

도끼로 그자의 머리를 쪼개버렸나?

쿠오니

오, 모조리 들려주오, 저 사람이

호수에 배를 띄우기까진 시간이 있소.

바움가르텐

나는 숲에서 나무를 베고 있었소, 그때   90
내 처가 죽도록 질려서 달려옵디다.
성주가 내 집에 누워 놈의
목욕물을 준비하라고 명령하더랍니다.
그러더니 부정(不貞)한 일을 요구하기에
나를 찾으러 뛰쳐나왔다지 않소.
그래 나는 있는 힘을 다해 달려가서
도끼로 놈의 목욕을 끝내주었지.

베르니

잘하셨소, 아무도 그 일로 당신을 탓하지 않을 거요.

쿠오니

폭군 같으니! 제 몫을 받은 게지!
운터발덴의 민중에겐 잘된 일이오.   100

바움가르텐

그 일이 알려져서 나는 쫓기고 있는데—
우리가 이야기하는 사이— 하나님— 시간이 간다—
(천둥 치기 시작한다.)

쿠오니

어서, 사공— 이 정직한 사람을 건네주오.

루오디

아니 되오. 심한 폭풍이 웃을 입었으니.
기다려야 하오.

바움가르텐

　　　　거룩하신 하나님!

기다릴 수 없소. 조금이라도 지체했다간―

쿠오니 (어부에게)

하나님을 믿고 해봐요, 이웃을 도와야 해.

우리 모두 똑같이 이런 일을 당할 수 있소.

　(바람 소리, 천둥소리)

루오디

높새바람[푄]이 시작되었소, 봐요, 물결이 얼마나 높은지,

나는 폭풍과 파도에 맞서 노를 젓진 못해.　　　　　　110

바움가르텐 (그의 무릎을 얼싸안으며)

당신이 나를 불쌍히 여기면, 하나님이 당신을 도울 거요―

베르니

목숨이 달린 일이오, 자비를, 사공.

쿠오니

그는 가장이오, 처자식이 딸려 있소!

　(되풀이되는 천둥소리)

루오디

뭐요? 나도 목숨을 걸어야 하는데,

집에는 나도 처자가 있소, ―봐요,

얼마나 울부짖고 파도치고 소용돌이치는지,

깊은 곳에서 물이란 물이 모조리 솟구치네.

─나도 정직한 사람을 구하고 싶어,

하지만 아예 불가능해, 직접 보시오.

바움가르텐 (아직도 무릎 꿇은 채)

그럼 나는 원수의 손아귀에 떨어지겠네,

구원의 호숫가를 눈앞에 두고!

─저기 있는데! 눈으론 가서 닿을 수 있고

목소리도 저쪽으로 넘어갈 수 있는데,

저기 나를 건네줄 배도 있는데,

여기 엎드려, 어쩔 바 모르고 낙담하는구나!

쿠오니

봐요, 저기 누가 오는지!

베르니

　　　　　　　　뷔르클렌* 사람 텔이요.

(석궁을 든 텔 등장)

텔

여기서 도움을 간청하는 사람이 누구요?

쿠오니

알첼렌 사람이오, 그는 자기 집안을

지키고, 볼펜쉬센을 때려죽였소.

로스베르크에 있는 황제의 태수 말이오─

120

130

* 우리(Uri)주의 마을. 텔이 살았다고 전해진다.

태수의 기병들이 그를 바싹 뒤쫓고 있소,
그는 사공에게 저편으로 건네달라고 청하지만
사공은 폭풍이 두려워 가지 않으려 하지요.

루오디

여기 텔이 있소, 그도 노를 저을 줄 알지.
배를 띄워도 될지 그가 알려줄 거요.

텔

필요하다면 사공, 뭐든 해야지요.
(사나운 천둥소리, 호수는 더욱 철썩댄다.)

루오디

나더러 지옥 아가리에 뛰어들라고?
제정신으로는 아무도 그러지 않을걸.

텔

용감한 사람은 자신을 맨 나중에 생각하지,
신을 믿고 급한 사람을 도와요.

루오디

안전한 포구에서 편하게들 충고하시네.
저기 배가 있고, 저기 호수가 있소! 해보시오!

텔

호수는 인정을 베풀 수 있지만 태수는 아니지.
해봐요, 사공!

목동과 사냥꾼

그를 살려줘요! 살려줘! 살려줘요!

루오디

설사 내 형제와 내 자식이라 해도
그럴 순 없어, 오늘은 시몬과 유다의 날이오,*
호수는 미쳐 날뛰며 제물을 요구하네.

텔

공허한 말로는 아무 일도 못 하지.
시간은 흐르는데, 이 사람은 도움이 꼭 필요해.
말해봐요, 사공, 가겠소?

루오디

아니, 난 못 해!   150

텔

정히 그렇다면! 배를 이리 주오,
내 미약한 힘이나마 한번 해보겠소.

쿠오니

하, 용감한 텔!

베르니

그건 사냥꾼답지!

바움가르텐

당신은 내 구원자요, 천사입니다, 텔!

* 10월 28일의 성인들. 가톨릭 성인들의 날은 그들의 사망일을 기념하는 것이다.

텔

나는 태수의 폭력에서 당신을 빼내지만,

폭풍의 힘에서는 다른 분이 도와주어야 합니다.

하나 사람의 손보다는 하나님 손에 떨어지는 게

나을 거요! (목동에게) 동향분, 내 신상에 무슨 일이

생기거든 당신은 내 아내를 위로해주시오.

내가 그대로 버려둘 수 없는 일을 했다고.

(배에 올라탄다.)

쿠오니 (어부에게)

당신은 노 젓는 데는 대가요. 텔이

감행하는데 **당신은** 할 수 없나요?

루오디

더 나은 사람도 텔을 흉내 내지 않소.

이 산중에는 그와 같은 사람 둘도 없소.

베르니 (암벽 위에 올라갔다.)

벌써 떠나고 있네. 신이 당신을 도우시기를, 용감한 사람.

보라, 저 작은 배가 풍랑에 흔들리는 것을!

쿠오니 (호숫가에서)

파도가 그 위로 덮치네— 더는 안 보여.

하지만 잠깐, 다시 나타났다! 저 용감한 사람이

힘차게 파도를 뚫고 나가는걸.

제피

160

태수의 기병들이 달려와요.

쿠오니

맙소사, 놈들이다! 그건 곤경에서 도움이었군.

(한 떼의 란덴베르크 기병들)

기병 1

숨겨둔 살인자를 내놓아라.

기병 2

놈은 이 길로 왔다, 너희가 감추어도 소용없어.

쿠오니와 루오디

누구 말이오, 기병 나리?

기병 1 (배를 발견하고)

하, 저게 뭐냐! 빌어먹을!

베르니 (위에서)

배에 탄 자를 찾는 게요? 달려가보시오!

서둘러 애쓴다면 그를 붙잡을 테죠.

기병 2

빌어먹을! 놈이 빠져나갔다.

기병 1 (목동과 어부에게)

네놈들이 녀석을 도왔지,

값을 치러야지 — 그 꼴 되어봐라!

오두막이 무너져 불타 주저앉는 거지! (서둘러 퇴장)

제피 (뒤따라가며)

오 내 양들!

쿠오니 (쫓아간다)

맙소사! 내 양 떼!

180

베르니

불한당들 같으니!

루오디 (손을 비비며)

정의의 하늘이여,

언제나 이 땅에 구원자가 오려나?

(그들을 따라 나간다.)

제2장

슈비츠의 슈타이넨. 다리 바로 옆 큰 길가, 슈타우파허의 집 앞
에 보리수 한 그루.
베르너 슈타우파허와 파이퍼 폰 루체른이 이야기하며 등장

파이퍼

그래요, 슈타우파허 씨, 내 말대로요.
피할 수만 있다면 오스트리아에 맹세하지 마십시오.
제국에 충성하고 지금껏 그랬듯 용기를 내요,
신께서 당신들의 옛 자유를 지켜주시기를!*

26

(충심으로 그와 악수하고 가려 한다.)

슈타우파허

집사람이 오기까지 기다려요. 당신은 슈비츠에선

내 손님이오, 루체른에서 내가 당신의 손님이듯.

파이퍼

고맙소! 하지만 오늘 게르자우에 가야 하오.

　　―태수들의 탐욕과 오만이　　　　　　　　　　　190

아무리 무겁더라도

참고 견뎌요! 곧 바뀔 겁니다, 곧바로,

다른 황제가 제국에 등장할 수도 있고.**

한번 오스트리아 속령이 되면 항구적이지요.

(그는 퇴장. 슈타우파허는 근심에 찬 모습으로 보리수 아래 벤

치에 앉는다. 아내 게르트루트가 그런 그의 모습을 보고 옆으로

다가와 한동안 말없이 그를 바라본다.)

게르트루트

- 네숲고을의 하나인 루체른 고을은 당시 제국 직속령이 아닌 합스부르크 왕가의
  영토에 속했다. 루체른 사람인 파이퍼는 나머지 세 숲고을이 오스트리아 합스부
  르크 편이 되지 말고, 제국 직속령으로 남아 자유민의 위치를 지키라고 충고하고
  있다. 1332년에야 맹약에 가입하는 루체른 고을은, 나머지 세 숲고을과는 달리
  초기 칸톤(스위스의 주)에 속하지 않는다.

** 뒷날에는 합스부르크 왕들이 거의 계속해서 제국의 황제가 되지만, 원래 신성로
  마제국에서 황제는 세습되지 않고 선출되었다. 특히 이 희곡의 사건이 일어나던
  13세기 말, 14세기 초에는 합스부르크가 이제 막 강력한 제후 가문으로 일어서
  던 초기여서 상황이 더욱 유동적이었다.

그렇게 심각한가요, 친구? 낯선 사람 같아요.
울적함으로 당신 이마에 주름 잡히는 것을
벌써 여러 날 말없이 바라보았어요,
조용한 고뇌가 당신 마음을 짓누르니
내게 털어놔요, 난 당신의 충실한 아내,
당신 번민에서 절반을 내 몫으로 요구하겠어요.   200
(슈타우파허는 그녀에게 손을 내밀고 침묵한다.)
어째서 그리 마음이 답답한지 말해주세요.
당신의 근면은 축복받고 행운이 꽃피며,
곳간은 가득 차고, 소 떼며
매끈한 말의 새끼들은 산에서 잘 먹고
돌아와 겨울을 나려고
편안한 마구간으로 들어갔지요.
—저기 당신의 집이 있어요, 귀족 저택처럼
부유하게, 아름다운 재목으로 새로 뼈대를
올리고 척도대로 잘 맞추어져서
많은 창문이 안락하고도 밝게 빛나네요,   210
오색 문장 방패들이 칠해지고 지혜의
경구들이 쓰였으니, 나그네가 발길 멈추어
읽고는 그 뜻에 감탄하지요.

슈타우파허

집은 뼈대를 올려 잘 맞추어졌소,

하나— 우리가 집 지은 기반이 흔들리는구려.

게르트루트

나의 베르너, 그건 무슨 뜻인가요?

슈타우파허

최근에 오늘처럼 나는 이 보리수 아래서
훌륭하게 이루어진 것을 기뻐하며 생각에 잠겼지.
그때 퀴스나흐트의 성에서 태수[게슬러]가
기병들을 거느리고 이리로 왔소.   220
이 집 앞에서 그는 감탄하며 멈추더군,
나는 잽싸게 일어나 경우에 맞추어
겸손하게 나리를 향해 나아갔소.
그는 이 땅에서 황제의 재판권을
대행하는 사람이니. 이 집은 누구 것인가?
그가 악의를 품고 물었소, 답을 잘 알고 있으니 말이오,
나는 재빨리 신중하게 대답했소.
이 집은 태수 나리, 내 주인인 황제의 것이며, 나리의
것으로서, 나의 세습재산이올시다. —그가 대답하더군.
"나는 황제 대신 이 지역의 통치자요,   230
그런데 농부가 제 손으로 집을 짓고
이 땅의 주인인 양 자유롭게
살아가는 게 마땅치 않아.
당신이 그렇게 못하도록 하고 말테요."

이렇게 말하고는 오만하게 말 타고 가버렸소.
하지만 나는 근심하는 마음으로 남아
그 나쁜 자가 말한 것을 곰곰 생각했다오.

게르트루트

나의 사랑하는 주인이신 서방님! 당신
아내의 솔직한 말 들어보시겠어요?
저는 고귀한 사람 이베르크의 딸임을   240
자랑으로 여기지요. 우리 자매들이 긴
겨울밤에 털실을 자며 앉아 있을 때면,
아버지 집에는 민족의 어르신들이 모여
옛날 황제들의 양피지 문서를 읽고
사려 깊은 말씀으로 나라의 안녕을
염려하시고들 했답니다.
당시 저는 분별 있는 사람이 생각하고
선한 사람이 소원하는 많은 지혜로운 말을
주의 깊게 듣고 마음에 고이 간직했지요.
그러니 내 말을 잘 듣고 생각해보세요.   250
당신 마음을 짓누르는 게 뭔지 오래전부터 알지요.
—태수는 당신을 미워하고 해치고 싶어 해요.
당신이 자기한테 방해가 되니까.
당신은 슈비츠 사람들이 새 영주 집안에
복종하지 않고, 품격 높은 선조들이

늘 그랬듯, 충실하고도 확고히

제국에 충성하게 만드니까요.

그렇지 않은가요, 여보? 잘못이면 말씀하세요!

슈타우파허

그렇소, 게슬러는 나를 미워하고 있소.

게르트루트

그는 당신을 시기하죠, 당신이 물려받은   260

유산 위에서 자유인으로 행복하게 살고 있는데,

—그는 그게 없거든요. 당신은 황제와 제국에서

이 집을 대대로 물려받았으니, 그걸 자랑할 수 있죠,

제국 영주들이 자신의 영토를 자랑하듯 말이에요.

당신은 기독교 세계의 최고 인물[교황]

말고는 다른 주인이 없으니까요.

그는 오직 자기 집안의 작은 아들일 뿐*

자신의 기사 외투 말고는 내세울 게 없지요.

그래서 그는 모든 정직한 사람의 행운을

독살스러운 악의로 눈 흘기며 바라보지요.   270

그는 오래전부터 **당신을** 몰락시키기로 맹세했어요,

하지만 당신은 상처를 입지 않았으니— 그가

당신에 대한 악의를 만족시키기까지 기다릴 건가요?

---

* 귀족 집안이라도 장남만이 귀족 작위와 영토를 물려받았다. 차남 이하는 그냥 귀족 신분이었다.

지혜로운 사람은 미리 대비하지요.

슈타우파허

무얼 해야 하나!

게르트루트 (더 가까이 다가서며)

내 충고 들어보세요! 당신은 여기
슈비츠에서 정직한 사람들이 모두 태수의
탐욕과 횡포로 얼마나 탄식하는지 아시죠.
저편 운터발덴과 우리(Uri) 고을에서도
사람들이 억압과 속박에
지쳐 있음을 의심하지 마세요—
여기서 게슬러가 못되게 굴 듯이
저편에선 란덴베르크가 그러니까요.
고깃배가 이쪽으로 건너올 때마다
새로운 재앙과 태수들의 폭행
소식도 함께 오지요.
그러니 정직한 생각을 가진 몇 사람이
어떻게 해야 이 압제를 면할 수 있을까,
조용히 상의하시는 게 좋겠어요.
그러면 신께서도 당신들을 버리지 않고
올바른 일에 은총을 베푸실 거예요—
말해봐요, 당신은 속마음을 털어놓을
친구가 우리(Uri) 고을에 한 명도 없나요?

280

290

슈타우파허

그곳의 용감한 사내들도 많이 알고,

존경받는 귀족들도 나를 믿고

은밀히 속마음을 털어놓지.

(자리에서 일어선다.)

여보, 당신은 위험한 생각의 폭풍을 내

조용한 가슴에 깨우는구려! 내 가장

깊은 속생각을 훤히 드러내고 말았네.

생각하는 것조차 나 자신에게 금지한 것을

가벼운 혓바닥으로 대담하게 발설했소.   300

—당신이 내게 무얼 충고하는지 잘 생각해보았소?

이 평화로운 골짜기에

사나운 싸움과 무기의 소리를 불러들이는 거요.

우리 약한 목축 민족이 감히

세계의 지배자와 싸우라고?

놈들은 이 가난한 땅에 자기들의

사나운 전쟁 병력을 풀어놓을

적당한 구실만 찾고 있는데,

승자의 권리로 이곳을 지배하고,

바른 질서를 잡는다는 명분으로   310

옛날의 자유 칙령들을 없애려는 거지.

게르트루트

당신들 **또한** 남자고, 도끼를 휘두를 줄 알지요,
신께서는 용감한 자를 도우십니다.

슈타우파허

오 여보! 전쟁은 무섭게 격노한 공포요,
그건 양 떼와 목동을 한꺼번에 치는 것이지.

게르트루트

하늘이 내려주신 거야 참고 견뎌야지요,
고귀한 마음은 불의를 참지 않아요.

슈타우파허

우리가 새로 지은 이 집을 당신은 기뻐했소.
무시무시한 전쟁은 그걸 불태워 쓰러뜨릴 거요.

게르트루트

내 마음이 일시적인 재산에 매인다면,
내 손으로 거기 불을 던져 넣을 테요.

슈타우파허

당신은 인간성을 믿는군! 전쟁은
요람 속의 어린것도 그냥 두지 않아.

게르트루트

무구함은 하늘에 친구가 있지요!
—앞을 보세요, 여보, 뒤를 보지 말아요!

슈타우파허

우리 사내들이야 용감하게 싸우다가

320

죽을 수 있지만, 당신들은 어떤 운명을 겪을까?

게르트루트

마지막 선택은 가장 약한 자에게도 열려 있죠,

이 다리에서 뛰어내리면 나는 자유로워질걸요.

슈타우파허 (그녀의 품으로 쓰러지며)

그런 마음을 지닌 자는   330

집과 농장을 위해 기쁘게 싸울 수 있소.

어떤 왕의 병력도 두렵지 않으니,

이제 선걸음으로 우리(Uri)로 가겠소.

거기 한 친구가 사는데, 발터 퓌어스트는

이 시국에 대해 나와 생각이 같아요.

또한 아팅하우젠 방기 기사•도 그곳에 있지,

귀족 태생임에도 그분은

민중을 사랑하고 옛 관습을 존중한다오.

그 두 분과 함께 어떻게 하면 나라의

적을 용감하게 막을지 상의해보겠소   340

잘 있어요— 내가 멀리 있는 동안, 당신은

지혜로운 생각으로 집안을 잘 이끌어주시오!

성지(聖地)를 찾아가는 순례자나, 수도원을

위해 모금하는 경건한 수도승에게

• 자신의 영토를 나타내는 깃발을 들고 출정할 권리를 가진 귀족.

충분히 적선하고 잘 대접해 보내시오.

슈타우파허의 집은 숨어 있지 않아, 대로에서

첫 번째 집이니* 이 길을 지나는 모든

여행자에게 친절한 숙소가 되어야지.

(그들이 배경을 향해 물러가는 동안 빌헬름 텔이 바움가르텐과

함께** 무대 전면에 등장.)

텔 (바움가르텐에게)

여기선 내가 필요 없습니다.

저 집으로 가시오, 거기에는 억압받는 자의   350

아버지인 슈타우파허가 살고 있소— 아, 봐요,

저기 그분이 있네— 나를 따라오시오, 갑시다!

(그를 향해 가는데, 장면이 바뀐다.)

제3장

알트도르프 근처 광장

배경의 언덕 위에 요새를 축성하는 모습이 보인다. 이미 상당히

* 북유럽에서 온 사람이 알프스산맥을 넘기 위해, 플뤼엘렌으로 가는 배를 타기 좋은 자리인 슈비츠의 큰 길가에 위치.

** 제1장에서 도망친 바움가르텐을 배에 태운 텔이 이곳(슈비츠의 슈타이넨)에 방금 도착한 것.

알트도르프 광장의 텔 동상.

진척되어서 전체 모습이 드러나 있다. 뒤편은 완성되었고 앞쪽
이 지어지는 중인데, 뼈대는 세워졌고, 그 위로 일꾼들이 오르
내린다. 지붕 꼭대기에 지붕 이는 사람이 매달려 있다— 모두
움직이며 일하는 중이다.

부역 감독관, 석수 장인, 도제들과 막일꾼들.

부역 감독관 (막대를 들고 일꾼들을 재촉하며)

　오래 쉬지 말고, 빨리! 벽돌을 이리로,

　석회, 회반죽 가져와라!

　일이 진척된 걸 보려고 태수께서

　오신다면— 일이 굼벵이 같구나!

　(짐 지고 가는 두 명의 막일꾼에게)

　그것도 짊어졌다는 거냐? 두 배로 져라!

　게으름뱅이같이 제 할 일도 안 하고!

도제 1

　우리의 감옥을 만들기 위해 우리가 돌을

　날라야 하니, 이것 참 너무한걸.　　　　　　　　　　360

부역 감독관

　뭐라고 중얼대는 거냐? 쓸모없는 것들,

　가축 젖짜기와 산 위에서 빈둥대는 것

　말고는 아무짝에도 쓸모가 없으니.

노인 (쉰다)

　난 더는 못 하겠수.

감독관 (그를 흔들어대며)

　　　　　　　　　　어서, 노인장, 일해요!

도제 1

　당신은 인정도 없습니까? 제 몸도

　주체하기 힘든 늙은이를 힘든

부역에 내보내다니?

석수 장인과 도제들

벌받을 일이지!

감독관

너희들 일이나 해, 나는 내 일을 할 테니.

도제 2

감독관님, 우리가 짓는 이 성채는 이름이
무엇입니까요?

감독관

츠빙 우리(Uri)*라는 이름이 될 거다.   370
이 멍에 아래서 너희를 꺾어버릴 터이니.

도제들

우리(Uri) 감옥이라고!

감독관

그래, 그렇다고 웃을 일이 뭐냐?

도제 2

이 작은 집으로 우리(Uri)를 가두려고?

도제 1

보쇼, 그런 두더지 집을 얼마나 많이

---

* 원래 '트빙 우리(Twing Uri)'를 실러가 '강제하다'라는 뜻인 '츠빙겐(zwingen)' 동사 어간과 결합한 이름으로 바꾸었다. 원래의 트빙은 영지 소유자가 자기 영지 안에서 갖는 재판권을 뜻했다.

쌓아 올려야 우리(Uri)에 있는

제일 작은 산만큼 커질지!

(부역 감독관 무대 뒤쪽으로 간다.)

석수 장인

빌어먹을 집을 짓는 이놈의 망치를

가장 깊은 호수 속에 처넣어 버려야겠네!

(텔과 슈타우파허 등장*)

슈타우파허

오, 이런 꼴을 보느니 차라리 살지 말 것을!

텔

여긴 좋지 않아요, 좀 더 가시지요!　　　　　　　　　　380

슈타우파허

내가 자유의 땅 우리(Uri)에 있는 건가?

석수 장인

오, 신사 양반, 저기 탑들 아래 있는

지하 감옥을 보셨다면! **거기** 있는 사람은

다시는 닭 우는 소리를 듣지 못할걸요.

슈타우파허

오, 하나님!

석수 장인

---

* 두 사람이 슈비츠에서 같은 배를 타고 와 플뤼엘렌에 도착해서 알트도르프로 걸어
  올라오고 있다.

여기 측면을, 이 버팀목을 보십쇼,
얼마나 튼튼하게 짓고 있는지!

텔

손이 만든 것이야 손이 부숴버릴 수 있지요.
(산들을 가리키며)
신께서 우리에게 자유의 집을 세워주셨소.
(북소리가 들린다. 장대 끝에 모자를 매단 사람들 등장, 그들을
따라 선전관이 들어오고, 여자들과 아이들이 시끌벅적 몰려 들
어온다.)

도제 1

웬 북소리지? 들어봅시다!

석수 장인

이 무슨 축제
행렬인가, 그리고 이 모자는 대체 뭐지?　　　　　　　　390

선전관

황제의 이름으로! 들어보라!

도제들

조용히! 들어라!

선전관

우리(Uri)의 사내들이여, 이 모자를 보라!
이것을 알트도르프 한복판 제일 높은 자리,
높은 기둥 위에 세워놓을 것이다,

그리고 태수님 명령은 이러하다.

그분께 하는 것과 똑같이 모자에 경의를 표하라,

무릎을 굽히고 모자를 벗고서 이 모자에

경의를 표하라 — 그로써 왕께서는

복종하는 백성을 알아보려는 것이니.

이 명령을 지키지 않는 자는 목숨과

재산을 왕께 몰수당할 것이다.

(사람들은 큰 소리로 웃고, 행렬은 북을 울리며 지나간다.)

도제 1

이런 듣도 보도 못한 일을 태수가 생각해

내셨군. **모자**에 경의를 표하라!

이봐요! 이런 일을 들어본 적이 있소?

석수 장인

우리가 모자 앞에 무릎을 꿇다니!

기품 있는 사람들을 가지고 장난치려는 건가?

도제 1

그러니 황제의 관이라면 오죽하리! 오스트리아의

모자가 그렇지, 나는 봉토를 하사하는 옥좌 위에

모자가 걸린 걸 본 적이 있소.

석수 장인

오스트리아의 모자라! 잘 지켜보자고, 이건

우리를 오스트리아에 팔아넘기려는 함정이야.

도제들

명예를 아는 사람이라면 이런 치욕 받아들이지 않아.

석수 장인

가세들, 다른 사람들과 의논해보세.

(그들은 아래로 내려간다.)

텔 (슈타우파허에게)

이제 사정을 아시겠지요. 안녕히, 베르너 씨!

슈타우파허

어디로 가시려오? 그렇게 서둘러 떠나지 마오!

텔

집에서 가장을 기다리고 있어서요. 안녕히 가십시오.

슈타우파허

당신과 이야기하고 싶은 일념입니다.

텔

무거운 마음이 말로 가벼워지지는 않지요.

슈타우파허

하지만 말이 우리를 행동으로 인도할 터인데.

텔

지금 유일한 행동은 인내와 침묵이지요. 420

슈타우파허

참을 수 없는 것을 견뎌야 할까요?

텔

성급한 지배자는 잠깐 지배하지요.
—높새바람이 골짜기에서 일어나면
사람들은 불을 끄고 배는 서둘러 포구를
찾으나, 강력한 정신은 해를 입지 않고
흔적 없이 땅 위로 지나갑니다.
각자 제집에서 조용히 살면 되지요,
평화로운 자에게는 기꺼이 평화가 허용될 테니.

슈타우파허

그렇게 생각하시오?

텔

       뱀은 건드리지
않으면 물지 않아요. 저들은 이 땅이
조용한 것을 보면 제풀에 지칠 겁니다.

슈타우파허

우리가 힘을 합치면 많은 일을 할 수 있소.

텔

파선했을 때는 제각기 하는 게 더 쉽지요.

슈타우파허

공동의 일을 그리도 냉정하게 버려두실 거요?

텔

각자 오직 저 자신만을 믿지요.

슈타우파허

430

약한 자들도 뭉치면 강해집니다.

텔

강한 자는 **혼자 있을 때** 가장 강해요.

슈타우파허

그럼 조국이 절망적으로 방어할 때

당신을 믿을 수 없다는 말인가요?

텔 (그와 악수하며)

텔은 길 잃은 양을 심연에서 구해냈소.

그런데 자기 친구들을 멀리하겠소?

다만 **무엇을** 할까, 하는 **회의**에서는 빼주시오,

나는 오래 검토하고 고르는 건 못하죠.

결정적인 **행동**을 위해 내가 필요해지면

텔을 불러주십시오, 거기엔 빠지지 않을 것이니.

(서로 다른 방향으로 퇴장. 갑작스러운 소동이 골조 주변에서

일어난다.)

석수 장인 (뛰어오며)

무슨 일인가?

도제 1 (소리치며 등장)

　　　　지붕 이는 사람이 지붕에서 떨어졌다.

(베르타, 시종들과 함께 등장)

베르타 (달려 들어오며)

그가 으스러졌나? 뛰어가, 구해라—

440

살릴 수만 있다면, 구해, 금은 여기 있으니―

(자신의 장신구를 사람들 속으로 던진다.)

석수 장인

당신의 금으로 말이오― 당신들은 무엇이든

금으로 살 수 있다고 여기지. 애들한테서

아비를, 아내한테서 지아비를 빼앗고,

온 세상에 근심을 가져와놓고는

금으로 보상할 수 있다고 여기지요― 가시오!

우린 당신네가 오기 전엔 즐거운 사람들이었소.

당신들과 함께 절망이 들어왔소.

베르타 (되돌아오는 부역 감독관에게)

그는 살았나요?

(감독관 부정의 표시를 한다.)

오, 불행한 성, 저주로

지어졌으니, 저주가 네 안에 살겠구나! (퇴장)

제 4 장

발터 퓌어스트의 집

발터 퓌어스트와 아르놀트 폼 멜히탈, 각기 다른 방향에서 동시에 등장.

멜히탈

　발터 퓌어스트 어르신—

발터 퓌어스트

　　　　　누가 갑자기 나타나면 어쩌려고!
　당신 자리를 지켜요. 우린 염탐꾼에 둘러싸였소.

멜히탈

　운터발덴에선 아무 소식도 없나요? 부친　　　　460
　소식이 없습니까? 여기서 포로가 되어
　빈둥거리는 걸 더는 못 참겠어요.
　살인자처럼 몸을 숨겨야 할 만큼 제가
　무슨 벌받을 짓이라도 했단 말입니까?
　태수의 명령으로 눈앞에서 황소를,
　가장 쓸모 있는 한 쌍의 소를 빼앗아
　가려던 그 뻔뻔스러운 하인 놈의 손가락을
　막대기로 쳐서 부러뜨린 것뿐입니다.

발터 퓌어스트

　당신은 너무 성급했어. 그 사동은
　당신 상전인 태수가 보낸 사람이었소.　　　　470
　당신은 벌을 받는 중이었으니, 그게 아무리
　무거워도 말없이 대가를 치러야 했소.

멜히탈

"농부가 빵을 먹으려면 직접 쟁기를
끌어야 한다!"라는 그런 철면피한 놈의
헛소리를 참아야 한단 말입니까.
그 어린 녀석이 황소를, 그 아름다운 짐승을
쟁기에서 풀었을 때 마음이 찢어졌지요.
짐승들도 부당함을 느끼기라도 한 듯
울부짖으며 뿔을 휘두르는 겁니다.
그러자 정당한 노여움에 사로잡혀, 그만   480
자제하지 못하고 그 녀석을 때린 것이지요.

발터 퓌어스트

오, 우리도 마음을 억제하기 어려운데,
하물며 성급한 젊은이가 어찌 자신을 누르겠소!

멜히탈

부친의 일만이 걱정입니다 ― 그분은
보살핌이 절실히 필요한데, 아들은 멀리 있으니.
태수는 아버지를 미워해요, 항상 옳은 일과
자유를 위해 성실하게 싸워오셨으니까요.
그러니 놈들이 노인을 압박할 텐데,
부당함에서 그분을 보호할 사람이 아무도 없네요.
나야 어찌 되든 건너가봐야겠습니다.   490

발터 퓌어스트

운터발덴에서 우리에게 소식이 넘어올
때까지는 인내하며 기다리고 침착하시오.
—누가 문을 두드리네, 가요— 어쩌면 태수의
심부름꾼일지 모르니— 안으로 들어가요— 우리(Uri)에서
당신은 란덴베르크의 손아귀를 벗어난 게 아니오.
폭군들은 서로서로 손을 내주니 말이지.

멜히탈

놈들이 **우리가** 무얼 해야 할지 가르쳐주네요.

발터 퓌어스터

가요!

여기가 안전해지면 내 당신을 다시 부르지.
(멜히탈 안으로 들어간다.)
불행한 사람, 나쁜 예감이 든다는 말을 차마
할 수가 없네— 누가 문을 두드릴까?   500
문에서 소리가 날 때마다 불행을 예측하게 되니.
배신과 의심이 구석구석에서 엿보고 있어,
집 안 가장 깊은 곳까지 폭력의 사자들이
들어와 있으니 말이지. 머지않아 우리는
문마다 열쇠와 빗장을 달아야 할 거다.
(문을 열고 놀라 뒤로 물러난다, 베르너 슈타우파허 등장)
이게 뉘신가? 당신, 베르너 씨! 지금, 맙소사!
귀하고 소중한 손님이네— 이보다 더 귀한

손님이 이 문지방을 넘은 일이 없소.

내 집에 오신 것을 진심으로 환영합니다!

무슨 일로 오셨소? 여기 우리(Uri)에서 무얼 찾으시오?   510

슈타우파허 (그에게 손을 내밀며•)

옛 시절과 옛 스위스를 찾고 있지요.

발터 퓌어스트

그걸 손수 가져오셨네— 봐요, 당신을 보니

난 벌써 기분이 좋고, 마음이 따뜻해졌어요.

—앉아요, 베르너 씨— 당신의 고귀한 아내,

현명한 이베르크의 지혜로운 딸,

게르트루트 부인은 어떻게 지내십니까?

도이치 나라를 출발해 마인라트 암자••를 거쳐

이탈리아로 가는 모든 여행자 사이에 당신의

친절한 집에 대한 명성이 자자하지요— 하지만

방금 플뤼엘렌•••에서 곧바로 오시는 길이오?   520

이 문지방에 발을 들여놓기 전에

• 텔과 헤어지고 계속 걸어 올라와서 이제 퓌어스트 집에 도착했다.

•• 칸톤 슈비츠에 있는 베네딕트 수도회의 암자.

••• 옛날 알프스산맥을 남북으로 연결하는 가장 중요한 통로의 하나인 고트하르트 고개를 넘어가려면 보통 배로 네숲고을호수를 건너 우리(Uri)의 플뤼엘렌에서 내렸다. 여기서 남쪽으로 곧바로 고트하르트 고개로 올라간다. 플뤼엘렌은 《빌헬름 텔》에서도 중요한 역할을 하는 고산지 호수 선착장이다. 11쪽의 지도를 참조할 것.

아무 곳도 둘러보지 않으셨소?

슈타우파허 (앉는다.)

놀랄 만큼 새로운 일이 준비되는걸

이미 보았다오, 달갑진 않지만.

발터 퓌어스트

오, 친구여, **한**눈에 바로 알아보셨네요!

슈타우파허

우리(Uri)에는 전에 한 번도 없던 일이지요―

사람이 생각을 가진 이래로 이곳에 감옥이란 없었소,

무덤 말고는 어떤 집도 그리 튼튼한 적 없었지요.

발터 퓌어스트

그건 자유의 무덤이오. 이름을 제대로 말씀하셨소.

슈타우파허

발터 퓌어스트 씨, 당신에게 감추지 않겠소.   530

한가한 호기심에서 여기 온 게 아니오, 무거운

근심이 나를 짓누릅니다 ― 고향에 압제를

두고 왔는데, 여기서 또 압제를 보네요.

참을 수 없는 일을 우리는 참고 있는데,

이 압제가 끝이 보이질 않는구려.

스위스 사람은 옛날 옛적부터 자유로웠소,

우리는 선한 사람을 보는 데 익숙하지,

목동이 여기 이곳 산길을 돌아다닌 한에는

이 땅에서 이런 꼴 겪어본 적 없소이다.

발터 퓌어스트

그렇소, 놈들이 하는 짓은 전례 없는 일이오.   540
그 옛날 일들을 지금도 잘 기억하시는
아팅하우젠의 귀족 어르신께서도
더는 참을 수 없다고 하십니다.

슈타우파허

그리고 저 건너편 숲에서도 어려운 일이
일어났고 피로 그걸 갚았다오— 로스베르크에
자리 잡은 황제의 태수인 볼펜쉬센이
금지된 열매를 향해 야욕을 품었소.
알첼렌에 사는 바움가르텐의 아내를
뻔뻔스럽게도 욕보이려다가
남편이 도끼로 놈을 쳐 죽였다오.   550

발터 퓌어스트

오, 신의 심판 정당하구나!
—바움가르텐이라고 하셨소? 겸손한 사람인데,
그가 구조되어 잘 숨어 있나요?

슈타우파허

당신의 사위가 호수를 건너 그를 데려왔소,
슈타이넨의 내 집에 그를 숨겨두었지요—
—그 사람이 자르넨에서 벌어진

더 끔찍한 일을 이야기하더군요.

모든 정직한 사람의 가슴에 피가 흐를 일이오.

발터 퓌어스트 (긴장하며)

말해봐요, 무슨 일이오?

슈타우파허

저기 **케른스 마을**

입구 **멜히탈**에 올바른 사람 하나가 살지요,   560

하인리히 폰 데어 할덴이라고,

그 동네에서 존경받는 사람이오.

발터 퓌어스트

누가 그를 모르겠소! 그에게 무슨 일이? 어서!

슈타우파허

란덴베르크가 그 사람 아들에게

하찮은 잘못을 핑계로 황소를 내놓게 했다오.

가장 좋은 한 쌍을 그의 쟁기에서 풀어 가려는데,

젊은이가 태수의 하인을 때리고 도망쳤다오.

발터 퓌어스트 (극히 긴장하여)

하지만 부친은 — 부친은 어찌 되었소?

슈타우파허

란덴베르크는 아버지에게 즉시

아들을 내놓으라고 요구했지요.   570

노인이 도망자에 대해 아는 바가

없다고 진실에 걸고 맹세하는데도

태수는 고문 관리를 불러서—

발터 퓌어스트 (벌떡 일어나서 그를 옆으로 데려가려고 한다)

오, 쉿, 그만!

슈타우파허 (목소리를 높여)

"아들놈이 빠져나갔다면

네놈이 대신해야지!"—그를 바닥에 쓰러뜨리고선

뾰쪽한 쇠꼬챙이로 두 눈을 쑤셔서—

발터 퓌어스트

자비로운 하늘이여!

멜히탈 (뛰쳐나오며)

눈이라고 하셨습니까?

슈타우파허 (놀라서 발터 퓌어스트에게)

이 젊은이는 누구요?

멜히탈 (발작적인 격렬함으로 그를 움켜쥐며)

눈이라고요? 말씀해주오!

발터 퓌어스트

오, 불쌍한 사람!

슈타우파허

이 사람 누구요?

(발터 퓌어스트가 손짓하자)

그 아들? 전능하신 하나님!

멜히탈

그런데 나는

멀리 떨어져 있으니! —양쪽 눈을 모두?

발터 퓌어스트

참아요, 남자답게 견뎌요!

멜히탈

내 잘못으로 **내가** 불경했다는 이유로!

—눈이 멀었다고! 정말로 **완전히 멀어**버렸나요?

슈타우파허

그렇소, 시력의 원천이 흘러나왔으니,

다시는 태양 빛을 보지 못할 거요.

발터 퓌어스트

그의 고통을 줄여주오!

멜히탈

결코! 다신 못 본다고!

(손으로 눈을 가리고 한동안 침묵. 이어서 한 사람 한 사람에게

부드럽게, 눈물을 삼킨 목소리로)

오, 눈의 빛은 하늘의 고귀한

선물인 것을— 모든 존재는 빛으로

살아가는데, 모든 행복한 피조물은—

식물조차도 기꺼이 빛을 향합니다.

그런데 **그분은** 밤 속에, 영원한 어둠 속에 머물며

느끼기만 해야 하다니 — 이젠 따스한 초록
초지도, 꽃의 아름다움도 즐기지 못하고
만년설 봉우리가 붉게 빛나는 것도 볼 수 없어 —
죽는 건 아무것도 아니다 — 하지만 **살아서** 못 **보는** 것,
그것이 불행인데 — 여러분은 어째서 나를 그리
가엾다는 듯 바라보십니까? 나는 두 눈이 멀쩡한데
눈먼 아버지께 하나를 드릴 수도 없소,
찬란하고 눈부시게 내 눈으로 흘러드는   600
빛의 바다에서 단 한 줄기도 못 드리는데요.

슈타우파허

아, 나는 당신의 고통을 낫게 하긴커녕
더 크게 해야겠소 — 그는 더 가련하다오!
태수가 그에게서 모든 걸 앗아 갔어요,
헐벗고 눈이 먼 채로 이 집 저 집 구걸하러 다닐
지팡이밖에는 아무것도 남겨놓지 않았다오.

멜히탈

눈먼 노인에게 지팡이 말고는 아무것도 없다니!
모든 걸 뺏고도 극빈자의 공동 자산인
햇빛마저 앗아 가다니 — 이제 아무도 내게
머무르라, 몸을 숨기라 말씀하지 마시오!   610
내 안전만 생각하고 당신의 — 아버님의
소중한 머리를 폭군의 손아귀에

담보로 남겨두다니,

난 얼마나 비겁한 놈인가!

비겁한 조심성이여, 가라 — 피의 복수 말고는

아무것도 생각지 않겠습니다 —

그리로 가겠어요 — 아무도 날 붙잡지 못해 —

태수에게 부친의 눈을 요구해야겠소 —

놈의 기병들 사이에서 놈을

찾아내야겠소 — 내 이 뜨거운, 무시무시한 고통을   620

그놈 목숨의 피로 식힐 수만 있다면 내 목숨쯤

아무것도 아니오. (가려 한다.)

발터 퓌어스트

　　　　멈추시오!

놈에게 무엇으로 대적하려고? 놈은

자르넨의 높은 성안에 앉아, 제 안전한

요새 안에서 무력한 자의 분노를 비웃을 거요.

멜히탈

그가 저 높은 **슈레크호른** 봉의 얼음 궁전이나

아니면 더 높이 **융프라우**가 아득한 옛날부터

베일 쓰고 앉은 곳에 살더라도 — 나는 놈에게

갈 길을 낼 것이오, 나와 뜻이 같은 스무 명의

젊은이들과 함께 놈의 요새를 깨뜨릴 거요.   630

그리고 아무도 나를 따르지 않고, 여러분도 모두

자기 오두막이나 가축 떼를 염려하고 두려워하며

폭군의 질곡에 몸을 굽힌다면— 나는

저 자유로운 하늘 아래, 감각은

생생하고, 심장이 건강한 곳,

산악 지대 목동들을 불러 모아

그 무섭고 끔찍한 이야기를 들려주겠어요.

슈타우파허 (발터 퓌어스트에게)

사태가 절정에 이르렀소— 우리가 기다린다면

극단적인 일이—

멜히탈

눈구멍 안의 눈알이

안전하지 않을진대, 더 어떤

극단적인 일이 두렵단 말인가요?

—우리는 방어할 수 없나요? 무엇 하러

석궁 당기기를 배우고, 무거운 전투용 도끼

휘두르는 법을 배웠단 말입니까? 절망적인

공포에서 모든 존재에겐 긴급 무기가 있지요.

지친 사슴은 멈추어서 사냥개 떼를

향해 두려운 뿔을 휘두르고,

영양은 사냥꾼을 심연으로 밀어 넣고—

인간의 부드러운 집안 친구로,

목의 사나운 힘을 참을성 있게 멍에 아래

640

650

감추는 가축조차도 뛰어 일어나

흥분하여 힘센 뿔을 세워

적을 하늘 높이 내동댕이치는 법인데요.

발터 퓌어스트

이 세 고을이 우리 세 사람처럼만 생각한다면,

우린 어쩌면 뭔가 할 수도 있을 것이오만.

슈타우파허

우리(Uri)가 부르고, 운터발덴이 돕는다면,

슈비츠 사람은 옛 동맹을 존중할 것이오.

멜히탈

운터발덴에는 나의 친구가 많아요.

다른 사람이 뒤에 있고 보호가

있다면, 누구나 기꺼이 목숨과 피를

내놓을 거요― 이 땅의 경건한 아버님들!

저는 다만 한 젊은이로서 경험 많으신 두 분

어르신 사이에 서 있습니다― 제 목소리는

민회(民會)에서라면 겸손하게 침묵해야겠지요.

제가 젊고 경험이 많지 못하다고

저의 제안과 말을 무시하지는 마십시오!

방탕한 젊은 피가 아니라, 암벽의 돌조차

불쌍히 여길 최고 고통의 힘이

저를 몰아가고 있으니까요.

660

어르신들 자신이 아버지요 가장이시니,

670

어르신의 머리카락을 존중하고

어르신의 눈동자를 경건하게 지켜줄

덕 있는 아들을 소망하실 것입니다.

오, 어르신들 자신이 목숨과 재산에 아무

피해도 없고, 두 분의 눈이 아직 멀쩡히

제자리에 있다고 해서 우리의 고통이

두 분께는 상관없다고 여기지 마십시오.

두 분 머리 위에도 폭군의 칼이 걸려 있어요,

두 분은 이 땅이 오스트리아에 등 돌리게 하시지요,

내 아버님의 죄도 다름 아닌 그것이니,

680

두 분도 같은 죄로 같은 벌을 받게 될 겁니다.

슈타우파허 (발터 퓌어스트에게)

당신이 결정하시지요, 나는 따를 준비가 되었소.

발터 퓌어스트

질리넨과 아팅하우젠의 고귀한 나리들께서

충고하시는 말씀을 들어보기로 하지요.

그분들의 이름을 걸면 동지를 얻을 것으로 생각됩니다.

멜히탈

이 산간 지방 어디서 어르신 이름과 어르신

이름보다 더 존경받는 이름을 찾겠습니까?

민중은 그런 이름들의 진짜 가치를 믿으며,

그 이름은 이 땅에서 좋은 메아리를 얻고 있습니다.
여러분은 조상들의 미덕에서 넉넉히 물려받아 690
그 유산을 더욱 늘렸으니— 무엇 때문에
귀족이 필요합니까? 우리만으로 해보십시다.
우리 같은 사람들만 있다면 좋으련만! 내 말은
우리는 스스로 보호할 줄 알아야 한다는 말씀입죠.

슈타우파허

귀족은 우리와 똑같은 어려움을 겪진 않죠,
아래서 날뛰는 폭풍도 지금까지는
높은 곳에 도달하지 못했소—
다만 이 땅이 무장한 것을 보시면, 그분들은
우리에게 도움을 거절하지는 않으실 거요.

발터 퓌어스트

우리와 오스트리아 사이에 심판자가 700
있다면, 정의와 법이 결정하겠지만,
우리를 억압하는 자가 바로 우리의 황제이며
최고 재판관이니— 신은 **우리 팔로 우리를
도우실**밖에요— **당신이** 슈비츠 사내들을 찾아
나선다면, **나도** 우리(Uri)에서 친구들을 구해보겠소.
운터발덴에는 누굴 보낼까—

멜히탈

저를 보내주십시오— 누가 저보다 더 절박하리오—

발터 퓌어스트

동의할 수 없소. 당신은 내 손님인데, 나는
당신의 안전을 지켜야 하오!

멜히탈

보내주십시오!

골짜기들과 산길을 저는 잘 알아요,   710

적에게서 나를 감추어주고 내게 피난처를

기꺼이 제공해줄 친구들도 많습니다.

슈타우파허

신의 도움을 믿고 그를 보냅시다. 저 건너에는

배신자가 없어요— 폭군이 그토록 미움을

사서 제 편을 만들 수가 없다오.

이 알첼렌 사람도 니트발덴*에서

동지들을 구하고, 선동도 해야 합니다.

멜히탈

폭군들의 악의에 찬 눈을 속일 수 있다면,

우리는 어떻게 안전한 소식을 전하지요?

슈타우파허

상선(商船)이 닿는 **브룬넨**이나 **트라이프**   720

---

* 당시 운터발덴은 '위 숲'을 뜻하는 옵발덴과 '아래 숲'을 의미하는 니트발덴으로
  구성되어 있었다.

마을[*]에서 모일 수 있을 겁니다.

발터 퓌어스트

그렇게 터놓고 일을 추진할 순 없소.

―내 생각을 들어보시오. 여기서 샘마을로 가다보면

호수 왼편에, 전설바위[**]로 곧바로 이어지는 곳에

덤불숲에 감춰진 초지 하나가 있는데

목동들이 뤼틀리[***]라고 부르는 곳이오.

거기 숲이 뿌리째 뽑혔기 때문이지요.

거기가 우리와 당신네 (멜히탈에게) 고을 경계고,

작은 배를 타고 조금만 오면 (슈타우파허에게)

당신들은 슈비츠에서 넘어올 수가 있어요.   730

우리는 밤을 틈타 외진 산길을 걸어 그리로

갈 터이니, 거기서 조용히 회의할 수 있소.

각자 그곳으로 우리와 생각이 같은 사람

열 명씩을 데려오는 거지요.

그럼 우리는 한데 모여 민회를 열고

신의 도움으로 재빨리 결정할 수 있을 겁니다.

[*] 호수를 가운데 두고 서로 마주 보는 지역으로, 세 개 숲고을의 한가운데. 10쪽의 지도를 참조할 것

[**] 오늘날의 '실러 바위(Schillerstein)', 실러 기념비를 가리킨다.

[***] 11쪽의 지도를 참조할 것.

슈타우파허

그럽시다. 당신의 정직한 오른손을 주시오.

당신도 손을 이리 내요. 우리 **세 사내**가

지금 우리끼리 솔직하고 거짓 없이

손을 모았듯이, 우리 **세 고을**도   740

공수(攻守)를 위해

생과 사를 내걸고 힘을 합치려는 것이오.

발터 퓌어스트와 멜히탈

생과 사를 내걸고!

(그들은 한동안 더 손을 꽉 잡고 침묵한다.)

멜히탈

눈먼 늙은 아버지!

당신은 자유의 날을 더는 **보실** 수 없지만,

그걸 **들으실** 겁니다— 알프스에서

알프스로 봉화가 피어오르면,

폭군들의 견고한 성들이 함락되면,

스위스 사람은 당신의 오두막으로 달려가

당신의 귀에 기쁨의 소식을 전하고, 당신은

어둠 속에서도 훤하게 낮을 맞이하실 것입니다.   750

(각자 다른 방향으로 뿔뿔이 퇴장)

제 2막

제1장

아팅하우젠 남작의 궁전

문장이 새겨진 방패들과 투구들로 장식된 고딕 양식의 홀. 여든
다섯 살의 남작은 키가 크고 고귀한 모습, 영양 뿔로 꼭대기가
장식된 지팡이에 몸을 의지하고, 모피 재킷 차림. 쿠오니와 여
섯 명의 다른 하인들이 갈퀴와 낫을 들고 그를 둘러싸고 서 있
다― 울리히 폰 루덴츠, 기사 복장으로 등장.

루덴츠

여기 대령했습니다, 삼촌― 삼촌의 뜻이 무언지요?

아팅하우젠

집안의 옛 관습대로 우선
하인들과 아침 술을 나누게 해다오.
(그가 잔 하나로 마시고 그 잔은 차례로 돌아간다.)
전에는 나도 몸소 들과 숲으로 함께 나가
내 눈으로 저들이 땀 흘리는 걸 감독했지,
전쟁에선 내 깃발이 그들을 이끌었고.
지금은 관리인 노릇밖엔 못 한다,
따뜻한 햇빛이 내게로 오지 않으면,
햇빛을 찾아 산으로 올라갈 수도 없고.

이 좁디좁은 집에서 빙빙 돌다가

모든 생명이 멈추는 가장 좁은 최후의

자리로 천천히 다가가고 있으니, 지금

나는 내 그림자일 뿐, 곧 내 이름만 남겠지.

쿠오니 (루덴츠에게 잔을 들고 가서)

나리 차례입니다, 젊은 주인님.

(루덴츠가 잔을 받기를 망설이자)

어서 마셔요!

한 잔으로 마시면 **한**마음이 되지요.

아팅하우젠

가라, 애들아, 일 끝난 저녁에

나랏일도 이야기해보자.

(하인들 퇴장)

(아팅하우젠과 루덴츠)

아팅하우젠

너는 무장하고 있구나.

알트도르프의 귀족 저택으로 가느냐?

루덴츠

그렇습니다, 삼촌, 더는 망설일 수 없습니다.

아팅하우젠 (앉는다.)

그리도 급한가? 어째서? 너희

젊은 사람들은 시간이 그리도 꽉 짜여서

늙은 삼촌에게도 시간을 아껴야 한단 말이냐?

루덴츠

삼촌은 제가 필요 없는 것 같은데요.

저는 이 집에서는 낯선 사람일 뿐이죠.

아팅하우젠 (그를 한동안 지그시 바라보다가)

그래, 유감스럽게도 그렇다. 네겐 고향이

유감스럽게도 낯설게 되었구나! ―울리! 울리야!

난 이미 너를 알지 못하겠다. 비단옷으로 치장하고

공작 깃털*을 오만하게 꽂고서

어깨엔 자줏빛 망토를 걸치고 있구나.　　　　780

동향인을 멸시의 눈길로 바라보고

그 친밀한 인사를 부끄러워한다.

루덴츠

그에게 합당한 명예라면 기꺼이 주지요.

그가 멋대로 차지한 권리를 거절하는 겁니다.

아팅하우젠

온 나라가 왕의 무거운 분노 아래

놓여 있다 ― 모든 정직한 사람의 마음은

우리가 당하는 폭군의 폭력 때문에

근심한다 ― 이런 모두의 고통이 유독 너만

* 오스트리아 귀족의 표지.

건드리지 않는구나. 넌 나라의 원수 편에

서서 네 나라를 배신하고 있다.   790

우리의 어려움을 비웃으며

경박한 기쁨을 좇고, 너의 조국이

무거운 채찍 아래 피 흘리는데,

영주의 환심이나 사려고 애쓰는구나.

루덴츠

이 나라는 무거운 압박을 받고 있죠— 왜죠, 삼촌?

누가 나라를 이런 곤경에 몰아넣는 건가요?

단 한 마디 말이면 즉시

곤경에서 벗어나 자비로운

황제를 얻을 텐데요.

이 민족에게 가장 좋은 것을 거부하라고   800

민족의 눈을 가로막은 자들이여, 저주를!

자기 이익을 위해서 그들은 숲고을들이

오스트리아에 맹세하는 것을 가로막지요.

주변 모든 나라가 이미 그렇게 했건만.

귀족과 함께 귀족의 자리에 앉는 게 그들에겐

기분 좋겠지요— 다른 어떤 주인도 두지

않으려고, **황제**를 주인으로 모시려는 것인데.

아팅하우젠

내가 **이런 말을** 들어야 하다니, 그것도 네 입에서!

루덴츠

삼촌이 부추겼으니, 끝까지 말하게 해주십시오.
─삼촌이 여기서 맡은 역할은 무언가요?　　　　　810
여기서 민회 의장이나 방기 기사 노릇을 하면서
목동들과 함께 통치하는 것보다
더 높은 긍지는 없다는 말씀입니까?
어떻게 그러지요? 왕이신 주인께 복종하고
빛나는 자리에 동참하는 것이,
자기 하인들과 짝을 이루고
농부와 더불어 재판하는 것보다
더 명예로운 선택이 아닐까요?

아팅하우젠

아, 울리! 울리야! 나는 그 유혹의
목소리를 알겠구나! 그 소리가 너의 열린　　　　820
귀를 사로잡고 네 가슴을 오염시켰구나.

루덴츠

그래요, 감추지 않겠어요─ 시골 귀족이라고
우리를 흉보는 이방인들의 조롱이 마음속
깊이 저를 괴롭혀요─ 어디서나 귀족
젊은이들은 합스부르크 깃발 아래
명예를 쌓아가는데, 저는 이곳 세습영지에
한가로이 머물며 평범한 일과로

인생의 봄을 낭비하는 걸 참을 수가
없네요— 다른 곳에선 행동들이
일어나고, 명예의 세계는 산들   830
저편에서 광채를 내며 움직이는데—
내 투구와 방패는 홀에서 녹슬고 있지요.
전쟁 나팔 소리 용감하게 울리고,
마상(馬上) 시합에 초대하는 전령의 외침,
그런 건 이 산골짜기로 들어오지 않지요.
목동의 노래와 가축 방울의 단조로운 울림
말고는 여기서 들을 수 있는 게 없어요.

아팅하우젠

눈먼 사람아, 헛된 광채에 홀렸구나!
제가 태어난 곳을 경멸하다니! 조상들의
오랜 경건한 관습을 부끄러워하다니!   840
너는 언젠가 뜨거운 눈물 흘리며
조상들의 산을 그리워할 거다.
그리고 네가 과도한 오만에 빠져 비웃은
이 목가 멜로디가 낯선 땅에서
네게 울리면, 고통스러운
그리움이 너를 사로잡을 거야.
오, 조국의 애착은 강력한 것을!
이방의 거짓된 세계는 네게 맞지 않아,

그곳 오만한 황제 궁에서 네 충실한
마음으로 넌 영원히 이방인이 될 거다!   850
세계는 네가 이 골짜기에서 배운 것과는
다른 미덕을 요구하거든.
—가서 네 자유로운 영혼을 팔아라,
나라를 저당 잡히고, 네가 주인이고 영주가
될 수 있는, 너 자신이 물려받은
자유로운 이 땅에서 영주의 종이나 되어라.
아, 울리! 울리야! 네 사람들 사이에 머물러라!
알트도르프로 가지 마라— 오, 네 조국의
성스러운 일들을 저버리지 마라!
—나는 내 혈통 최후의 사람이니, 내 성(姓)은   860
나와 함께 끝난다. 저기 투구와 방패가 걸려 있다.
그것들은 내 무덤에 함께 묻힐 것이다.
그런 내가 마지막 숨을 몰아쉬면서,
네가 내 눈 감기기만 기다리다가, 내가
자유롭게 신에게서 받은 이 고귀한 영지들을
오스트리아에서 새로운 봉토로 받으려고
이리로 올 거라고 생각해야 한다는 말이냐!

루덴츠

우린 왕에게 저항하지만, 소용이 없어요.
세계가 그의 것인데,

우리만 고집스럽게 버티며

그가 우리 주변에 강력하게 구축하는

나라들의 사슬*을 끊으려 하나요?

시장들과 법정이 그의 것, 상용 도로도

그의 것, 심지어는 고트하르트 고개를 넘는

짐말까지도 그에게 세금을 내야 합니다.

우리는 사방에 그의 나라들로

한 그물에 씌워진 듯 갇혀 있지요.

―제국이 우리를 보호하나요? 오스트리아의 성장하는

힘에 맞서 제국이 스스로를 지킬 수나 있나요?

신이 우리를 돕지 않으면 황제도 우릴 돕진 못하죠.

황제의 명에 따라 더 내놓을 게 무어랍니까,

돈이 부족하거나 전쟁으로 힘들면

독수리 깃 아래로** 숨어든 도시들을 제국에

저당 잡히거나 제국에 양도해도 된다면 말이지요.

―아니요, 삼촌! 이렇게 패거리 짓는

난세에는 강한 머리 편에 붙는 게

좋고, 그게 현명한 조심성이지요.

황제의 관은 이 혈통 저 혈통으로 옮겨 다니니,

---

* 전해지는 실러의 기록에 오스트리아가 숲고을 주변의 지역들을 하나씩 속령으로 만들어가는 과정이 적혀 있다.

** 독수리는 합스부르크의 문장. 여기서는 합스부르크의 보호를 뜻한다.

충성스러운 봉사를 기억하지 않습니다.

그러나 강력한 세습 군주를 얻는 것은*　　　　　　　890

미래에 씨를 뿌리는 일이지요.

아팅하우젠

　　　　　　　　　　　　　　네가 그리도 현명하더냐?

그래서 자유라는 소중한 보석을 얻기 위해

선의와 피와 영웅의 힘으로 싸운

조상들보다 세상을 더 분명하게 바라본단 말이지?

―배 타고 **루체른**으로 가서, 오스트리아의 지배가

얼마나 부담스러운 일인지 **거기서** 물어보아라!

그들은 와서 우리의 배와 가축의 수를 헤아리고,

우리 알프스를 측량하고, 우리의

자유로운 숲에서 귀족들의 사냥을 위해

뇌조류, 영양, 사슴의 사냥 금지령을 내리고,　　　　900

우리의 다리와 성문들에 저들의 차단기를 설치하고,

우리의 빈곤을 대가로 저들의 땅을 사들이고,

우리의 피로써 저들의 전쟁을 치를 것이다―

―아니, 우리가 우리의 피를 걸어야 한다면

우리 자신을 위해 그래야 한다! 예속보다

자유가 오히려 값이 더 싸다!

* 합스부르크 왕이 현재 제국의 황제이지만, 제국 황제는 선출직이라 다른 가문으로
넘어갈 수도 있다. 그에 반해 합스부르크 왕가는 확실한 세습제다.

루덴츠

우리 목축민이

알프레히트*의 군대에 맞서 무얼 할 수 있다는 말입니까?

아팅하우젠

이 목축민을 잘 알아두어라, 얘야!

나는 그들을 알아. 그들을 전쟁터로 이끌고

파벤츠(Favenz)**에서 그들이 싸우는 것을 본 적이 있으니.　　910

놈들은 우리에게 속박을 강요하러 오겠지만,

우리는 그것을 받아들이지 않기로 결정했다.

—오, 네가 어떤 혈통인지 느껴보아라!

공허한 광채와 싸구려 번쩍임에 현혹되어

진짜 진주인 네 가치를 내버리지 마라—

오직 사랑에서 자신을 충심으로 네게 바치고

싸울 때나 죽을 때나 네게 충성하는

자유로운 민족의 우두머리가 되는 것—

그것이 너의 긍지요, 귀족의 자랑이 되어야지—

태어난 쪽에 단단히 붙어라,　　　　　　　　　920

소중한 조국의 편이 되어라,

---

* 당시의 황제. 오스트리아 합스부르크 가문 출신이다.

** 이탈리아 라벤나 근처의 파엔차를 가리킨다. 1241년에 프리드리히 2세 황제는 육백 명의 스위스 병사의 도움으로 이 전투에서 승리했다. 그에 대한 대가로 스위스인들에게 '자유 칙령'을 발급했다. 여기서 실러는, 여든다섯 살의 노인인 아팅하우젠이 과거 이 전투에 참가한 것으로 만들고 있다.

네 온 마음으로 조국을 꽉 붙잡아라.

네 힘의 강한 뿌리가 여기 있으니,

저기 낯선 세계에선 너는 홀로 서 있다가

폭풍이 닥치면 부러질 흔들리는 갈대일 뿐이니.

오너라, 너는 우리를 오래 보지 못했다,

우리와 함께 **하루만** 지내라 — 오늘만

알트도르프로 가지 마라 — 듣고 있니, 오늘만,

단 **하루만** 네 민족에게 선물해다오!

(그의 손을 잡는다.)

루덴츠

전 약속했어요 — 놓아주세요 — 저는 매여 있어요.　　　930

아팅하우젠 (그의 손을 놓으며 심각하게)

네가 매였다고 — 그렇구나, 불쌍한 놈!

너는 매였지만 말이나 맹세가 아니라

사랑의 밧줄로 묶인 것이지!

(루덴츠 몸을 돌린다)

—네 멋대로 감춰라. 너를 귀족의 성(城)으로

끌어들여 황제의 의무에 묶어놓은

아가씨는 베르타 폰 브루네크지.

넌 이 땅과 이별함으로써 그 숙녀를

얻으려는 거고 — 속지 마라!

너를 유혹하느라 그들은 네게 신붓감을 보여주지만,

그 여잔 네 순결함에는 어울리지 않아.

루덴츠

충분히 들었습니다. 안녕히 계십시오.

(몸을 돌려 떠난다.)

아팅하우젠

정신 나간 녀석아, 멈춰라! ―가버리네!

난 그를 잡을 수 없구나, 구할 수 없어.

볼펜쉬센이 제 땅에서 떨어져 나간 것처럼

다른 자들도 뒤따르겠지,

이방의 마법이 젊은이를 빼내서

힘으로 우리 산들 너머로 데려가네.

―오, 불운한 시간이여, 낯선 힘이

이 고요하고 행복한 골짜기로 들어와

관습의 경건한 순결함을 파괴했구나!

새로운 것이 권력을 지니고 몰려와 오래된

고귀한 것을 밀어내고, 다른 시대들이 오는구나,

다르게 생각하는 종족이 살겠구나!

나는 여기서 무얼 하나? 나와 함께

경영하며 살던 사람은 이미 모두 파묻혔는데.

내 시대는 이미 땅속에 누웠구나,

새 시대와 함께 살지 않아도 되는 이여, 편안하라!

(퇴장)

제 2 장 *

오늘날의 뤼틀리.

높은 암벽들과 숲으로 둘러싸인 초지

암벽 위에는 난간이 있는 좁은 길, 사다리들도 있어서 나중에

* 실제로는 여러 번에 걸쳐 진행된 뤼틀리 민회를 실러는, 귀족도 텔도 참석하지 않은 단 한 번의 민회로 줄여놓았다. 여기서 새롭게 등장하는 몇몇 발언자의 이름을 그는 출전 문서에서 찾아냈다. 달빛에 의한 쌍무지개라는 드문 자연현상은 쇼이히처에게서 가져왔다.

사람들이 그 사다리를 타고 아래로 내려오게 된다. 배경에는 호수가 보이고, 장면 처음에 호수 위로 달무지개가 보인다. 높은 산들이 원경을 막아서는데, 그 위로 더 높이 설산들이 솟아 있다. 무대 위는 캄캄한 밤, 오직 호수와 산등성이의 하얀 빙하들만 달빛을 받아 빛난다.

멜히탈, 바움가르텐, 빙켈리트, 마이어 폰 자르넨, 부르크하르트 암 뷔엘, 아르놀트 폰 제바, 클라우스 폰 데어 플뤼에, 그리고 다른 네 사람 더, 모두 무장하고 있다.•

멜히탈 (아직 무대 뒤에서)

산길이 트인다, 어서, **나를** 따라오시오.

이 암벽과 그 위의 작은 십자가를 알아보겠네,

목적지에 이르렀소, 여기가 뤼틀리요.

(횃불을 들고 등장)

빙켈리트

들어 봐!   960

제바

텅 비었네.

마이어

• 운터발덴 주민 대표들.

아무도 오지 않았군. 우리가

첫 번째야, 우리 운터발덴 사람들이.

멜히탈

밤이 얼마나 지났는가?

바움가르텐

젤리스베르크의

소방 파수꾼이 방금 두 점을 알렸소.

(멀리서 종소리가 들린다.)

마이어

쉿! 들어봐!

암 뷔엘

슈비츠 땅의 숲속 예배당에서

새벽 미사 종소리가 여기까지 울리는 게요.

폰 데어 플뤼에

공기가 맑으니 소리가 멀리 울리네.

멜히탈

몇 명이 가서 나뭇가지로 불을 피워요,

사람들이 오면 환하게 타오르게.

(두 사람이 간다.)

제바

아름다운 달밤이네. 호수는　　　　　　　　970

평평한 거울처럼 고요하고.

암 뷔엘

그들은 쉽게 건너오겠어.

빙켈리트

(호수를 가리키며)

하, 봐요!

저기를 봐! 안 보이나?

마이어

대체 뭔데? —아, 정말!

한밤중에 무지개다!

멜히탈

달빛이 그걸 만들고 있어.

폰 데어 플뤼에

저건 아주 드문 기적의 표지요!

평생 저런 걸 보지 못한 사람이 얼마나 많은데.

제바

쌍무지개야, 봐요, 그 위에 흐릿하게 하나가 더 있어.

바움가르텐

배 한 척이 방금 저 아래로 지나갔소.

멜히탈

그건 슈타우파허의 배요,   980

그 충직한 어른은 오래 기다리게 하지 않지.

(바움가르텐과 함께 물가로 간다)

마이어

우리(Uri) 사람들이 가장 꾸물거리네.

암 뷔엘

태수의 첩자를 피하려면 그들은

산을 멀리 돌아서 와야 한다오.

(그 사이에 두 사람이 무대 중앙에 불을 피웠다.)

멜히탈 (물가에서)

거기 누구요? 대답하시오!

슈타우파허 (아래서)

이 땅의 친구들이오.

(오는 사람들을 마중하러 모두 아래로 내려간다. 슈타우파허,
이텔 레딩, 한스 아우프 데어 마우어, 요르크 임 호페, 콘라트
훈, 울리히 데어 슈미트, 요스트 폰 바일러와 그 밖에 세 사람
더 배에서 내린다.[•] 역시 모두 무장하고 있다.)

모두들 (외친다)

어서들 오시오!

(다른 사람들이 아래쪽에서 인사를 나누는 동안 멜히탈과 슈타
우파허 앞쪽으로 나온다)

멜히탈

슈타우파허 어르신! 그분을

• 슈비츠 주민 대표들.

뵈었어요, 다시는 **저를** 못 보는 그분을!

그 두 눈에 제 손을 갖다 대고

시력이 사라진 태양에서 이글이글

타오르는 복수욕을 빨아들였지요.   990

슈타우파허

복수 이야기는 하지 마시오! 지난 일에 복수하려는 게

아니라, 닥쳐오는 위협적인 재앙에 맞서려는 것이오.

— 이제 말해봐요, 당신이 운터발덴에서

공동의 일을 위해 행한 것을,

사람들은 어찌 생각하는지, 당신 자신은

배신의 함정을 어떻게 피했는지를.

멜히탈

주렌넨의 무시무시한 산맥을 통과해

목쉰 독수리만 까옥대는

넓고 황량한 얼음 들판에서

나는 알프스 목초지에 이르렀지요,   1000

우리(Uri)와 엥겔베르크에서 온 목동들이

서로 소리쳐 인사하며 함께 방목하는 곳입니다.

거품 내며 계곡으로 떨어져 내리는

우윳빛 빙하 물로 갈증을 진정시키면서요.

외진 곳에 목동의 오두막에 들르곤 했는데,

내가 주인이자 손님이었지요,˚ 모여 사는

사람들의 집에 이르기까지는.
─이곳 골짜기마다 최근에 있었던 끔찍한
만행의 소식이 이미 널리 퍼져서
이동하며 두들기는 문간마다 내가 당한   1010
불운이 사람들의 경건한 경외심을 일깨웠어요.
이 올곧은 사람들이 새로운 폭정에
격분한 것을 보았습니다.
그거야 그들의 알프스가 옛날부터 계속해서
같은 풀을 키워주고, 그들의 샘물이 똑같은
모양으로 흘러가고, 구름과 바람조차도
같은 길을 변함없이 지나가듯이,
옛 관습이 할아버지에서 손자에게로
변함없이 이어져 내려온 덕이지요.
예부터 익숙한 삶의 방식에 끼어든   1020
뻔뻔스러운 변화를 참을 수가 없는 거죠.
─그들은 거친 손을 내게 내밀었고,
이 산악 지대 시골 사람들에게
존경받는 이름, 어르신과
발터 퓌어스트의 이름을 말하면, 그들은
벽에서 녹슨 칼을 내리고 눈에선

• 겨울이라 모두 비어 있다.

불같은 용기의 감정이 번득이죠, 두 분이
옳다고 여기는 일을 자기들도 하겠노라고,
죽기까지 두 분을 따르겠노라고 맹세했죠.
—그래서 저는 농장에서 농장으로 안전하게
손님의 권리를 거룩하게 보호받으며—
마침내 고향의 골짜기에 이르렀습니다.
거긴 제 사촌들이 많이 흩어져 사는 곳인데—
아버지를 뵈니, 재산은 뺏기고 눈은 먼 채로
남의 집에서 착한 사람들의 동정심으로
살고 계셨는데—

슈타우파허

하나님 맙소사!

멜히탈

전 울지 않았어요! 뜨거운 고통의 힘을
무력한 눈물로 쏟아버리지 않았어요.
소중한 보물처럼 가슴 깊이 그것을
간직하고 오로지 행동만 생각했습니다.
산들의 골짜기마다 돌아다니며
아무리 은밀한 골이라도 엿보았지요,
만년설이 뒤덮인 가장자리에도 사람
사는 오두막이 있겠거니 여기고, 실제로 찾아냈고,
발길 닿는 어디서든

폭군에 대한 똑같은 증오심을 보았는데,
얼어붙은 땅이 아무것도 내주지 않는
살아 있는 피조물의 마지막 경계선에서도
태수들의 탐욕이 약탈을 자행하더이다—
이 정직한 사람들의 마음을 저는　　　　　　　　　1050
가시 돋친 말로 쿡쿡 쑤셨고, 그들은
모두 마음으로나 입으로나 우리 편입니다.

슈타우파허

짧은 시간에 큰일을 하셨소.

멜히탈

그 이상의 일을 했지요. 저 두 요새,
로스베르크와 **자르넨**은 지방민의 두려움이지요,
원수가 돌 성벽 뒤로 쉽사리 몸을 숨기고
이 땅에 해를 입힐 수가 있어서요.
내 눈으로 직접 그것을 보고 싶었습니다.
자르넨에 가서 성을 염탐했습니다.

슈타우파허

감히 호랑이 굴까지 들어갔단 말이오?　　　　　　　1060

멜히탈

순례자 의상으로 변장했지요.
태수가 식탁에서 포식하는 꼴을 보았습니다.
제가 제 마음을 통제할 수 있는지, 판단하십시오,

저는 원수를 보고도 쳐 죽이지 않았으니까요.

슈타우파허

정말로 행운이 당신의 대담함을 보살펴주었군.

(그사이 다른 사람들이 앞으로 나와 그들 옆으로 다가온다.)

하지만 이젠 말해주오, 당신을 따라온

이 친구들, 이 올바른 사람들은 누군가?

소개해주시오, 우리가 친밀해져서

서로 마음을 터놓도록 말이지요.

마이어

이 세 고을에서 누군들 **당신을** 모르겠습니까?   1070

저는 마이어 폰 자르넨이올시다. 여기 이 사람은

제 누이의 아들 슈트루트 폰 빙켈리트고요.

슈타우파허

그 이름은 모르는 이름이 아니오.

바일러의 늪에서 용을 죽이고

그러면서 자기 목숨도 잃은 사람이

빙켈리트였지.

빙켈리트

　　　　　그분은 제 할아버지죠, 베르너 씨.

멜히탈

(두 동향인을 가리키며)

이들은 숲 뒤에 살고 있습니다. 엥겔베르크

수도원의 소작농이지요— 그들이 **농노**이고
우리처럼 세습 토지의 자유민이 아니라는
이유로 그들을 얕보지는 않으시겠지요.   1080
그들은 이 땅을 사랑하고, 여기 참가할 만한 사람들이니.

슈타우파허 (두 사람에게)

손을 이리 주시오. 이 땅에서 누구에게도
몸이 매이지 않은 사람은 찬양받아 마땅하오—
하지만 정직성은 모든 계층에 퍼져 있지요.

콘라트 훈

이분은 레딩 씨, 우리 민회의 의장이십니다.

마이어

난 그분을 잘 알아요, 옛날의 세습 토지를
두고 나하고 소송을 했던 상대요.
—레딩 씨, 우린 법정에선 적이오만,
여기선 하나요.
(그의 손을 잡고 흔든다)

슈타우파허

　　　　　　말씀 잘하셨소.

빙켈리트

들었소? 그들이 오네. 우리(Uri)의 피리 소리* 들어봐요.   1090
(오른편과 왼편에서 횃불을 들고 무장한 사람들이 암벽을 내려
오는 게 보인다.)

아우프 데어 마우어

봐요! 하나님의 경건한 종 신부님도
함께 오시지 않나? 길의 고단함도
밤의 두려움도 그를 막지 못하니,
민중을 보살피는 참된 목자요.

바움가르텐

성물 보관인과 발터 퓌어스트 씨도 오시네요,
하지만 텔은 안 보이는걸.
(발터 퓌어스트, 신부 뢰셀만, 성물 보관인 페터만, 목동 쿠오
니, 사냥꾼 베르디, 어부 루오디와 다른 사람 다섯 명.^{••} 모두
합쳐 서른세 명을 이루고, 앞으로 나와 불을 둘러싸고 선다.)

발터 퓌어스트

우리는 우리 자신의 세습 토지인
조상들의 땅에서 살인자나 하듯이
이렇듯 은밀히 모이고, 그것도
범죄 또는 햇빛을 꺼리는 모반에다가   1100
그 시커먼 외투를 빌려주는 이런 밤의
시간에 모여서, 찬란히 열린
낮의 품처럼 순수하고 명료한 우리의

• 들소 뿔로 만든 피리. '우리(Uri)'란 낱말은 민속학적으로 '들소(Ur)'와 관련이 있
　다. 우리의 피리 소리는 전쟁에서 칸톤 우리의 표지이며, 군대 신호이기도 하다.

•• 우리(Uri)의 주민 대표들.

좋은 권리를 찾아야 한다는 말인가?

멜히탈

그렇습니다. 어두운 밤이 짜낸 것이
자유롭고 즐겁게 햇볕에 드러나야지요.

뢰셀만

동지들, 들어보시오, 하나님이 내 마음에 넣어주신 것을!
우리는 여기 민회* 대신으로 모였거니와
전체 민족을 대표한다고 할 수 있어요.
그러니 평화 시에 하던 대로 나라의   1110
오랜 관습에 따라 회의를 합시다.
이 모임에서 법에 꼭 맞지 않는 것은
시대의 곤궁함이 변명해줄 것이오.
사람이 권리를 행사하는 어디에나 하나님이
계시니, 우리는 그의 하늘 아래 있지요.

슈타우파허

좋습니다. 옛 관습에 따라 회의합시다.
밤이라고는 하나 우리의 권리가 비추고 있소.

* 스위스의 각 고을(오늘날의 칸톤)을 대표하는 민회(Landgemeinde)에서는 민회장
  (Landammann, Altlandamman)이 의장을 맡았다. 민회 재판 관리인(Landweibel)
  과 민회 서기(Landschreiber)가 의장단으로서 그의 양편에 서고, 결의 사항들을 기
  록할 민회 책(Landbuch)이 의장 앞에 놓였다. 참석자들은 이들 의장단 앞에 반원
  을 이루어 서고, 높여진 연단의 측면마다 칼을 한 자루씩 꽂았다.

멜히탈

숫자가 다 차지는 않았지만 여기 전 민족의

마음이 있소, **가장 뛰어난 사람들이** 모였습니다.

콘라트 훈

옛날 책들을 손에 들지 못하지만,　　　　　　　　1120

우리 마음에 씌어 있습니다.

뢰셀만

좋아요, 그럼 원을 이룹시다.

폭력의 검들을 세우시오!

아우프 데어 마우어

민회 의장이 자리를 잡고,

그의 관리들이 옆에 서야지요!

성물 보관인

세 고을의 주민들이 모였어요. 민회의

우두머리 자리를 어느 고을에 주는 것이 합당한지요?

마이어

이 명예를 놓고는 슈비츠와 우리(Uri)가 경합하면

좋겠소. 운터발덴은 자발적으로 물러납니다.

멜히탈

우린 물러납니다. 우린 탄원자들이니,　　　　　　1130

강한 벗들에게 도움을 요청하는 형편이오.

슈타우파허

그렇다면 우리(Uri)가 칼을 잡으시오.

로마로 행군할 때 그 깃발이 앞장서 이끌었소.

발터 퓌어스트

칼의 명예는 슈비츠에게 돌아가야 하오,

우리 모두 슈비츠 종족임을 자랑하니까.

뢰셀만

이 고귀한 경합을 제가 중재하게 해주십시오.

슈비츠가 회의를, 우리(Uri)는 전쟁을 이끌어야지요.

발터 퓌어스트 (슈타우파허에게 칼들을 내준다.)

자, 받으시오!

슈타우파허

　　　　　나 말고. 노인장께 그 명예가 돌아가야지요.

임 호페

울리히 데어 슈미트가 가장 연장자요.

아우프 데어 마우어

그분은 용감하지만, 자유민이 아니오, 　　　　1140

농노 신분이 슈비츠에서 판관이 될 수는 없소이다.

슈타우파허

민회 의장이신 레딩 씨가 여기 계시지 않소?

그보다 더 나은 사람을 어디서 찾는가?

발터 퓌어스트

그분이 의장 겸 회의의 수장이 되어야 하오!

여기 찬성하는 사람은 손을 드시오.

(모두 오른손을 든다)

레딩 (가운데로 나선다)

나는 책들 위에다 손을 올릴 수 없습니다.

그러니 저 위의 영원한 별들에 대고 맹세하지요.

결코 법에서 벗어나는 일은 하지 않겠습니다.

(칼 두 자루를 그의 앞에 꽂고 그를 중심으로 원을 이룬다. 슈비

츠가 가운데, 오른쪽에 우리(Uri), 왼쪽에 운터발덴이 자리 잡는

다. 그는 자신의 전투용 검에 의지하고 서 있다.)

이 산악 지대 세 고을 주민이 유령이나

나다닐 시각에, 이곳 인적 없는   1150

호숫가에 모인 것은 무슨 연유인가?

우리가 이곳 별하늘 아래서 맺는

새로운 동맹의 내용은 무엇이오?

슈타우파허 (원 안으로 들어서며)

우리는 새 동맹을 맺는 것이 아니오,

조상들 시대부터 내려오는 아주 오래된 동맹을

새롭게 하려는 것입니다! 이걸 알아두십시오, 동지들!

호수가 우리를 가르든, 산이 우리를 가르든,

각 고을 주민이 자치(自治)를 해도

우리는 **한** 종족, 한 핏줄이오,

우리는 **한** 고향에서 떠나온 사람들이오.   1160

빙켈리트

그렇다면, 노래들이 전해주듯,˙ 우리가 먼 곳에서

이 나라로 떠돌아 들어왔다는 게 사실인가요?

오, 당신이 알고 계신 걸 우리에게 들려주십시오,

새 동맹이 옛 동맹에서 힘을 얻도록요.

슈타우파허

늙은 목동들의 이야기를 들어보시오,

—저 북쪽 오지에 한 위대한 종족이

살았는데, 몹쓸 기근에 시달렸다오.

이런 곤궁에서 민회는, 제비를 뽑아

열 집에 하나씩 조상들의 나라를

떠나기로 결의했고— 그렇게 되었소!　　　　1170

사내들과 아낙들이 탄식하며

큰 행렬을 이루어 남쪽으로 떠나갔다오.

칼로 싸우며 도이치 나라를 통과해

이곳 숲 지대 고원에 이르렀지.

그러고도 행렬은 지치지 않고

거친 골짜기에 닿았다오, 지금은

• 하슬리 골짜기에 아직도 전해지는 〈프리젠리트(Friesenlied)〉를 말한다. 이 노래에 따르면 스위스 민족은 스칸디나비아에서 이주했다고 한다(게르만 민족 이동). 이 노래에는 "북해의 파도가 해변을 씻어내는 곳 (……) 그곳이 내 고향, 거기가 내 집" 등의 구절이 들어 있다. 실러는 이 관점을 요한네스 뮐러의 책에서 얻었다.

무오타의 물줄기가 초지들 사이로 흐르는 곳—

여기선 사람 그림자도 볼 수 없었다오,

다만 물가에 오두막 한 채가 쓸쓸히 서 있고,

한 사내가 앉아 나룻배를 기다리고 있었소—   1180

하지만 호수가 거칠게 파도쳐서 떠날 수가

없었다오. 그래서 그들이 땅을 좀 더 자세히

살펴보았더니, 훌륭한 목재가 풍부하고

좋은 샘들도 있었소, 그러자

사랑하는 조국을 찾아냈다고

여겼지— 그들은 머물기로 결심하고

옛날 작은 거주지 **슈비츠**˚읍을 건설한 것이오,

힘든 날들을 많이 보냈다오, 넓게 뒤엉킨

뿌리들을 제거하느라고 말입니다—

머지않아 이 땅이 많은 사람을 감당하지   1190

못하게 되자 그들은 저쪽 검은 산으로

넘어가 바이슬란트까지 닿았소.˚˚

영원한 얼음벽 뒤에선

˚ 오늘날 슈비츠(Schwyz)의 주도(州都).

˚˚ '검은 산' 브루니히, 또는 브루네크. '바이슬란트(하얀 땅)'는 빙하와 눈벌판이 있
  는 오버하슬리 골짜기를 가리킨다. 오버하슬리는 '베른(Bern) 알프스 골짜기들'
  을 가리키는 옛날 이름이다. 오늘날 옵발덴, 니트발덴(두 곳이 합쳐서 우리 책의
  운터발덴), 우리(Uri), 발리스(Wallis)주들이 경계를 이루는 곳. 스위스 알프스의
  최고봉인 마터호른이 발리스에 있다.

다른 종족이 다른 언어를 말하지요.

그들은 케른 숲 옆에 **슈탄츠** 읍*을 세우고

로이스 골짜기에 **알트도르프** 읍**을 세웠소—

그러나 그들은 항상 원래의 기원을 기억했다오,

그 뒤로 이 땅 한가운데로 이주해

들어온 낯선 종족들 사이에서도

슈비츠 사내들은 서로를 알아보는 거요,   1200

피를 알아보는 심장이 있는 거지요.

(왼쪽과 오른쪽으로 손을 내민다)

아우프 데어 마우어

그렇소, 우린 한 마음, 한 핏줄!

모두 (서로에게 손을 내밀며)

우리는 **한** 민족, 하나로 행동한다.

슈타우파허

다른 종족들은 이방의 멍에***를 지고 있지요.

그들은 승리자에게 굴복했어요.

우리 영토 안에서도 이방의

의무를 짊어진 소작농이 많이 사는데,

그런 예속은 자손에게 대물림됩니다.

* 니트발덴(Nidwalden)의 주도.

** 우리(Uri)의 주도.

*** 합스부르크의 지배.

하지만 우리 진짜 옛날 스위스 혈통은

언제나 자유를 보존해왔소.   1210

영주들의 지배 아래 무릎을 굽히지 않고

자유의지로 황제의 보호를 선택한 것입니다.

뢰셀만

자유의지로 우리는 제국의 보호를 선택했소,

그것은 프리드리히 황제의 칙서에 밝혀져 있소.

슈타우파허

가장 자유로운 자라도 군주가 없을 수는 없으니,

우두머리가 있어야 하고, 다툼에서 정의를

찾아줄 최고 판관이 있어야 하니까요.

그래서 우리 조상들은 자기들이 오래된

황무지에서 얻어낸 이 땅의 명예를

황제에게 바친 것이오, 황제는 스스로   1220

도이치와 벨슈* 땅의 주인이라 칭하고,

우리 조상들은 제국의 다른 자유인들처럼

황제에게 고귀한 병역의무를 약속한 것이오.

자신을 보호하는 제국을 수호하는 것,

이것이 자유인들의 유일한 의무입니다.

멜히탈

* 이탈리아와 프랑스 지역.

저 위에 있는 것은 예속의 표지가 아닌지요.

슈타우파허

징집령이 내리면 조상들은 제국의 깃발을
따라 제국의 전투를 수행했소.
로마 황제의 관(冠)을 그의 머리에 씌우기 위해
조상들은 무장하고 벨슈 땅으로 행진해 갔지요.　　1230
고향에서는 옛날 관습과 자신의 법에 따라
즐거운 마음으로 자치를 행했고,
생사를 가르는 최고 재판만이 황제 것이었소.
그것을 위해 이 땅에 거처를 갖지 않은
대(大) 백작 한 사람이 임명되지요.
살인죄가 발생하면 사람들은 그를 불러들였고,
그는 밝은 하늘 아래 솔직하고 분명하게
정의를 선포하고, 사람을 두려워하지 않았소.
여기 어디에 우리가 예속되었다는 흔적이 있나요?
다르게 알고 있는 사람은 말해보시오!　　1240

임 호페

아니, 모든 것이 당신이 말씀하신 그대로요,
우리는 폭정을 견딘 적이 없어요.

슈타우파허

황제가 수도사에게 특전을 주려고 법을 왜곡했을 때
우리는 황제 자신에게도 복종을 거부했어요.*

교회 사람들이 **이주해 들어오려고**

우리가 조상들의 시대부터 방목해오던

알프스를 요구하는

낡은 편지 하나를 수도원장이 끄집어냈는데,

주인 없는 황량한 땅을 그에게 하사한다는 내용이었소,

당시 제국에선 우리의 존재가 감추어져 있었으니까요,   1250

우리는 말했어요. "이 편지는 위조된 것이오.

황제라 하더라도 우리 것을 하사할 수는 없소.

우리에게 제국의 정의를 거부한다면, 우리도

이 산속에서 제국 없이 지낼 수 있소."

—우리 조상들은 그렇게 말했지요! **우리가**

이제 새로운 속박의 수치를 견뎌야 할까요?

황제가 권력으로도 우리에게 강요하지

못한 이방의 예속을 견뎌야 할까요?

—우리는 이 땅을 우리 손으로 땀 흘려

일구었소, 원래는 곰들의 처소에   1260

지나지 않던 옛날의 숲을

사람 사는 거처로 바꾼 거지요.

늪에서부터 독기를 품고 올라오는

용의 새끼도 우리가 죽이고,

• 하인리히 5세 황제의 결정을 슈비츠 사람들이 인정하지 않은 적이 있었다. 그 내용이 다음에 나온다.

이 황무지를 영원히 잿빛으로 뒤덮고 있던

안개 이불도 우리가 찢어내고,

단단한 암벽을 부수고, 협곡 위에

여행자를 위해 안전한 다리도 놓았어요,

이 땅은 천년의 소유로 우리 것이

되었는데─ 이제 낯선 주인의 하인 놈들이   1270

멋대로 들어와 우리에게 쇠고랑을 채우고

우리 자신의 땅에서 우리에게 치욕을 줘야겠소?

그런 압박에 대항할 아무 방책도 없는 건가?

(사람들 사이에 큰 동요가 일어난다)

아니, 폭군의 힘은 한계가 있어요.

억압받는 자가 그 어디서도 정의를 찾아내지 못하면,

그 짐이 견딜 수 없게 되면─ 그는 확고한 용기로

하늘을 향해 손을 뻗어 올려

저 하늘의 별들처럼

양도할 수도, 파괴할 수도 없이 걸려 있는

영원한 정의를 가져오는 것이오─   1280

인간이 인간에게 마주 서는

오래된 자연의 원상태*가 되돌아오고,

다른 어떤 수단도 효력이 없어지면

마지막 수단으로 칼이 주어지는 것이오─

우리는 폭력에 맞서 우리의 최고 재산을

방어할 수 있소— 우리는 조국 앞에,

우리의 처자 앞에 서 있다!

모두 (각자 자신의 칼을 치면서)

우리는 처자 앞에 서 있다!

뢰셀만 (원 가운데로 들어온다)

칼을 잡기 전에 잘 생각하시오.

황제와 평화롭게 조정할 수도 있어요.

한마디면 됩니다. 지금 여러분을 무겁게

억압하는 태수들도 여러분의 비위를 맞출 것이오.

이미 여러 번이나 제안받은 것을 받아들여요,

제국을 떠나 오스트리아의 통치권을 인정하면—

아우프 데어 마우어

신부님이 뭐라는 거요? 오스트리아에 맹세하라니!

암 뷔엘

그 말을 듣지 마오!

빙켈리트

1290

- 자연 상태. 루소와 로크가 생각한 '사회계약설'을 바탕으로 하는, 왕권에 맞선 혁명권의 사상이 여기서 펼쳐진다. 실러는 원칙적으로 계몽주의자들의 혁명 이론을 받아들였으나, 프랑스 대혁명의 진행 과정을 정밀히 관찰하면서 《미학 편지》에서 그것을 비판하고 대안을 제시했다. 그리고 《미학 편지》에서 제시한 이론적 대안을, 스위스 건국의 상황을 다룬 마지막 작품 《빌헬름 텔》에서 구체적, 실천적으로 아름답게 구현해 보여준다. 옛날 게르만 민회에 토대를 둔 뤼틀리 장면에서 스위스의 직접 민주주의 토론이 활짝 펼쳐진다.

배신자나 그런 충고를 하지,

나라의 적이다!

레딩

조용히, 동지들!

제바

우리더러 오스트리아에 복종하라고, 그런 수치 끝에!

폰 데어 플뤼에

선의에도 거절한 걸 폭력을 통해

뺏기라고!

마이어

그렇다면 우리는   1300

노예요, 노예이기에 합당하지!

아우프 데어 마우어

오스트리아에 복종을 말하는 자는

스위스 사람의 권리를 내놓아라!

―의장, 이것이 우리가 여기서 내놓는

첫 번째 민법이 되어야 한다고 주장합니다.

멜히탈

그렇소, 오스트리아에 복종을 말하는 자는

권리를 잃고 모든 명예를 잃어야 합니다.

어떤 주민도 그를 자기 집에 받아들이지 마라.

모두 (오른손을 들고)

우리는 그것이 법이 되기를 바랍니다!

레딩 (잠시 침묵했다가)

                                              통과되었소.

뢰셀만

이제 여러분은 자유요, 이 법을 통해 자유입니다.　　　　　1310

친절한 노력으로 얻지 못한 것을

오스트리아는 폭력으로 얻지 못합니다—

요스트 폰 바일러

회의를 계속합시다.

레딩

　　　　　　　　동지들!

모든 원만한 수단은 다 시도해보았나요?

어쩌면 왕은 모를 수도, 우리가 당한 게

그의 의지가 아닐 수도 있어요.

이 마지막 수단도 시도해보아야 합니다.

칼을 잡기 전에 먼저 우리의 탄원을

그에게 알립시다. 옳은 일을 위해서라도

폭력은 언제나 끔찍하니까요.　　　　　　　　　　1320

인간이 더는 어쩔 수 없을 때만 신은 도우십니다.

슈타우파허 (콘라트 훈에게)

이제 당신이 보고할 차례요, 말해보시오.

콘라트 훈

나는 라인펠트의 황제 궁*에 갔었소.

태수들의 심한 억압에 대해 호소하고,

새로운 왕이 항상 인정해주던 우리의

옛 자유 칙령을 받기 위해서요.

많은 도시의 사자들을 거기서 보았어요.

슈바벤 땅에서 온 사람, 라인강 유역에서 온 사람,

모두 양피지 문서를 받고

기뻐하며 돌아갔지요.   1330

여러분의 심부름꾼인 나도 회의에 안내되었어요.

하지만 그들은 공허한 위로의 말로 나를 내보냈소.

황제가 이번엔 시간이 없다네요,

보통은 즉시 우리를 기억했을 테지만.

—나는 슬퍼하며 왕궁의 홀들을 지나다가,

한젠 공작이** 어느 구석 방에서 눈물 흘리는

것을 보았어요. 바르트와 테거펠트의 귀족들이

그를 둘러싸고 있었지요.

그들이 나를 부르더니 이렇게 말하데요. "스스로

돕고, 왕에게 정의를 기대하지는 마시오.   1340

친동생의 자식한테서 약탈하고는

---

* 스위스의 아르가우(Aargau)주이자, 오늘날 독일과 스위스 국경선에 위치한 도시 라인펠덴(Rheinfelden)의 스위스 쪽에 있었다.

** 뒤에 나오는 요한네스 파리치다.

정당한 상속분마저 가로채고 있지 않소?

공작은 어머니의 유산을 간청했답니다

성년이 되었으니, 이젠 땅과 사람들을

지배할 시간이 되었다고 말이오.

어떤 답변을 들었게요? 황제는 그에게 화환

하나를 걸어주더랍니다. 그게 성년의 장신구라고요."

아우프 데어 마우어

들으셨죠. 법과 정의를

황제에게서 기대할 순 없소! 스스로 도웁시다!

레딩

다른 방책이 우리에겐 없네요. 이제 제안하시오,   1350

우리가 어떻게 지혜롭게 기쁜 결말에 도달할 수 있을지.

발터 퓌어스트 (원 안으로 들어온다.)

우리는 증오스러운 억압을 물리치고,

조상에게서 물려받은 그대로

옛 권리를 보존하려는 것뿐,

멋대로 새것을 잡으려는 게 아니오.

황제의 것은 황제에게, 주인이

있는 사람은 주인에게 의무를 다해야 하오.

마이어

나는 오스트리아에서 토지를 받았소.

발터 퓌어스트

당신은 계속 오스트리아에 의무를 행하시오.

요스트 폰 바일러

나는 라퍼스바일 나리께 세금을 내지요.   1360

발터 퓌어스트

당신은 계속 이자를 내고 세금도 내시오.*

뢰셀만

나는 취리히 수녀원장님**에게 맹세했소.

발터 퓌어스트

수도원의 것을 수도원에 내십시오.

슈타우파허

나는 제국 말고는 달리 매인 데가 없소.

발터 퓌어스트

일어나야 할 일은 일어나야 하지만, 그 이상은 안 됩니다.

우리는 태수들을 그 종놈들과 함께 쫓아내고

그 견고한 성들을 부수려는 것이오.

그러나 가능하다면 피를 흘리지 않고. 황제는

* 요한네스 뮐러의 글에는 다음과 같이 나온다. "스위스 사람들 사이에는 농노들이 많이 있었다. 그들은 영주들과 왕들에게, 라퍼스바일 백작, 루체른의 수도원들, 취리히 수녀원에, 그 밖에도 다른 교회와 세속의 주인들에게 몸, 토지, 또는 토지 공물 등으로 매여 있었다."

** 당시 취리히는 수녀원장의 지배 아래 있었다. 취리히의 프라우뮌스터는 853년에 왕이 딸들을 위해 건축한 것이라는 전설이 전해진다. 그 뒤로 1173년에 하인리히 3세는 프라우뮌스터 수녀원장에게 취리히시(市)의 통치권을 인정해주었다.

우리가 부득이하게 경건한 존중의 의무를

내던졌다는 걸 보아야 합니다.　　　　　　　　1370

우리가 한계 안에 머무는 것을 본다면, 어쩌면 그는

나라를 위해 지혜롭게 자신의 분노를 극복할 겁니다.

칼을 주먹에 쥐고도 **자제하는** 민족은

정당한 두려움을 불러일으키는 법이니까요.

레딩

하지만 들어보시오! **어떻게** 실행하지요?

적은 무기를 쥐고 있으니 결코

평화롭게 물러나지는 않을 겁니다.

슈타우파허

우리가 무장한 걸 보면 물러날 겁니다.

적이 무장하기 전에 우리가 기습할 것이오.

마이어

말은 쉬우나 행동은 힘들지요.　　　　　　　　1380

우리 땅에는 견고한 요새가 둘이나 솟아 있어서

황제가 침입해 들어온다면, 이 요새들이

적을 보호하면서 두려운 역할을 할 것이오.

세 고을에서 칼을 높이 들어 올리기 전에,

로스베르크와 자르넨 성들이 미리 제압되어야 합니다.

슈타우파허

너무 오래 꾸물대다간 적이 알아채고 말 거요,

비밀을 함께 하기엔 사람이 너무 많소.

마이어

숲고을에 배신자는 없소.

뢰셀만

열성인 사람도 선량한 사람도 배신할 수 있소.

발터 퓌어스트

거사를 미루면, 알트도르프의 감옥이   1390

완성되고 태수는 안전한 성을 얻을 거요.

마이어

자기들 생각만 하시는군.

성물 보관인

           당신네는 부당하고.

마이어 (발끈하며)

우리가 부당하다고! 우리(Uri)가 그렇게 말하다니!

레딩

맹세를 지키시오, 조용히!

마이어

         그렇소, 슈비츠와

우리(Uri)가 같은 생각이라면 우린 침묵할 밖에요.

레딩

여러분이 민회 앞에서 성급한 생각으로

평화를 방해한다고

경고해야만 하겠소!

빙켈리트

주님의 축제일까지 거사를 미룬다면,*

모든 소작농이 태수의 성으로   1400

선물을 가지고 가는 관습이 있지요.

열 명이나 열두 명이 의심을 받지 않고

성안에 모일 수가 있소.

막대기에 재빨리 꽂을 수 있는

끝이 뾰쪽한 쇠붙이를 몰래 가지고 말이오.

무장하고는 성안으로 들어갈 수가 없으니까요.

많은 인원이 숲에 숨어 기다리다가

다른 이들이 다행히도 성문을

장악하고 피리를 불면, 곧바로

숨은 곳에서 뛰쳐나오는 거지요.   1410

그럼, 성은 쉽사리 우리 것이 될 겁니다.

멜히탈

로스베르크는 내가 올라가지요.

성의 아가씨 하나가 내게 호의를 갖고 있으니

밤에 찾아가도록 줄사다리를 내려달라고

---

* 운터발덴에 있는 로스베르크와 자르넨 성들을 먼저 함락하기 위해 세 개 고을의
  합동 궐기를 크리스마스 이후로 미루자는 계획인데, 이것은 에기디우스 추디의 책
  에 나오는 내용이다.

쉽사리 유혹할 수 있을 거고,

내가 일단 올라가면 친구들을 끌어들이겠소.

레딩

미루자는 게 모두의 뜻인가요?

(다수가 손을 든다)

슈타우파허 (수를 헤아린다)

십이 대 이십이오!

발터 퓌어스트

정해진 날 성들이 함락되면

산에서 산으로 연기로 신호를   1420

보낼 겁니다. 각 고을의 중심지에서

재빨리 향토방위대가 소집될 것이오!

그런 다음 우리가 무장한 것을 보면

태수들은 싸움을 포기할 거요, 내 말 믿어요,

그러곤 평화로운 호송을 받으며 기꺼이

나라의 경계 밖으로 나갈 겁니다.

슈타우파허

게슬러만은 힘든 상황을 만들지 않을까 걱정입니다.

그는 기병들로 튼튼히 둘러싸여 있으니

피를 흘리지 않고는 이 땅에서 나가지 않을 거고,

설사 쫓겨난다 해도, 여전히 두려운 존재요.   1430

그는 다루기 힘들고, 거의 위험합니다.

바움가르텐

목숨이 위험한 곳에 나를 세워주시오!

나는 텔 덕분에 목숨을 구원받았소.

나라를 위해 기꺼이 목숨을 걸겠습니다,

명예를 이미 지켰으니, 내 마음은 평온합니다.

레딩

시간이 대책을 주겠지요. 참고 기다려요.

이런 순간에는 무엇이라도 믿어야지요.

―그러나 보시오, 우리가 밤새워 회의하는 동안

가장 높은 봉우리들 위로 벌써 아침이

빛나는 파수꾼을 세웠소― 갑시다, 헤어집시다,   1440

낮의 빛이 우리를 기습하기 전에.

발터 퓌어스트

걱정 마오. 골짜기에선 밤이 느리게 물러나지요.

(모두 부지중에 모자를 벗어들고 고요히 모여 서서 여명을 바

라본다)

뢰셀만

저 아래 도시의 자욱한 증기 속에 무겁게

숨 쉬며 살아가는 온갖 종족들에 앞서

맨 먼저 우리에게 인사하는 이 빛에 걸고,

새로운 동맹의 맹세를 합시다.

―우리는 형제들로 이루어진 한 종족이요,

어떤 곤경이나 위험에도 찢어지지 않는다!

(모두 손가락 세 개를 쳐들고 복창)

─우리는 조상들이 그랬듯이 자유를 원하며,

속박되어 살기보다는 차라리 죽음을 원한다.　　　　　1450

(위와 같음)

─우리는 드높으신 하나님을 믿으며

인간의 힘을 두려워하지 않는다.

(위와 같음. 사람들은 서로 포옹)

슈타우파허

이제 각자 조용히 갈 길을 잡아

친구와 뜻이 같은 사람들에게로 가시오.

목동은 양 떼가 평화롭게 겨울을 나게 하고,

조용히 동맹을 위한 친구를 얻으시오,

그때까지 참아야 할 것은 참아요!

폭군들의 계산이 더욱 불어나도록,

그러다 **어느 날** 일반적인 죄와

특별한 죄가 갑자기 드러나기까지.　　　　　1460

누구나 정당한 분노를 억누르고,

전체를 위해 개인의 복수를 삼가시오,

모두의 재산에 약탈이 행해지고 있으니까요,

각자 자기 일을 잘 보살피십시오.

(그들이 세 개의 다른 방향으로 극히 조용히 떠나는 동안, 오케

스트라는 장엄한 곡을 연주한다. 텅 빈 무대는 한동안 열린 채로, 눈 쌓인 산등성이 위로 떠오르는 태양의 장엄함을 보여준다.)

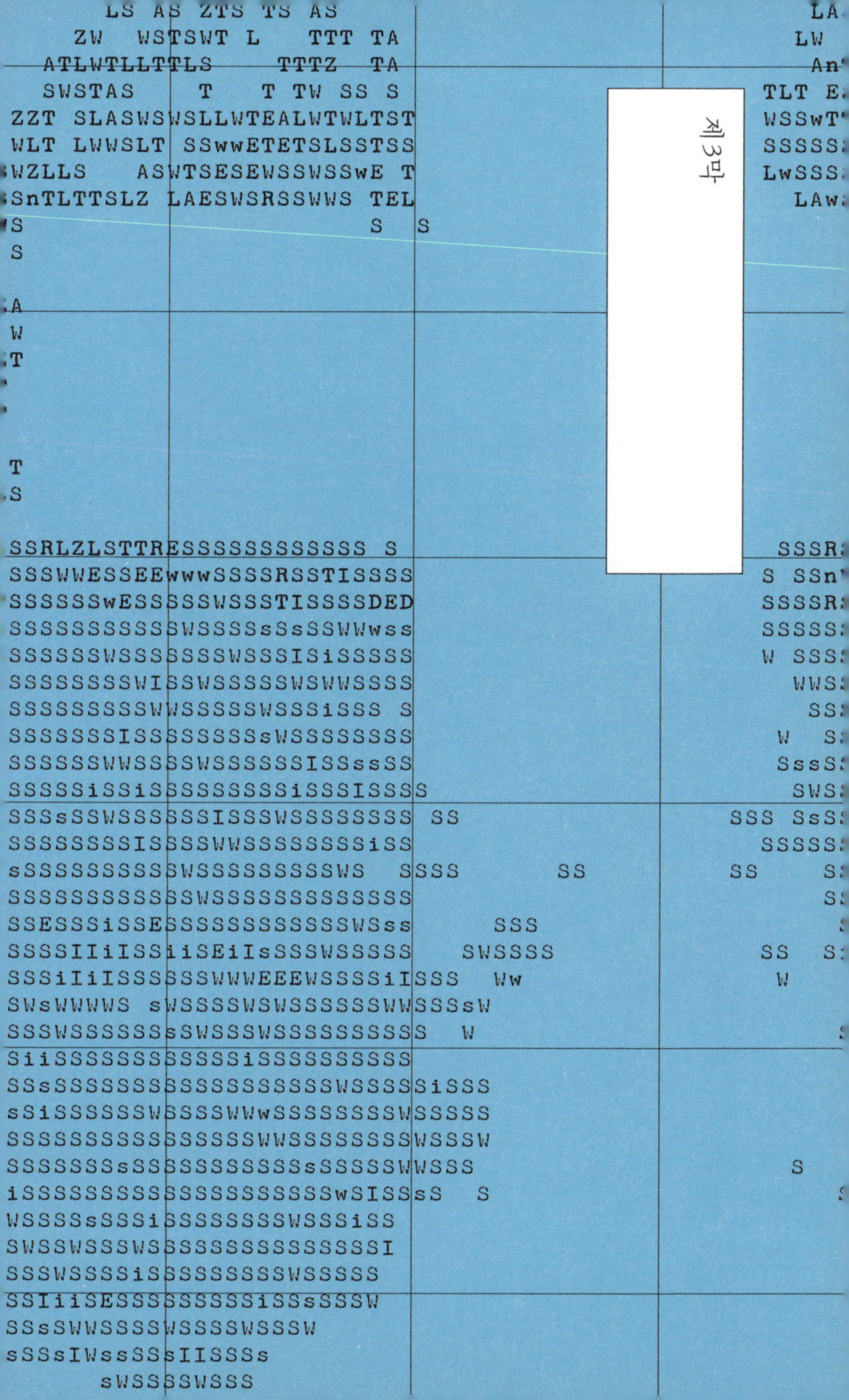

제3막

제1장

영국의 일러스트레이터 필립 대드의 삽화.

텔의 집 앞마당

그는 목수용 도끼로 일하고, 헤드비히는 집안일에 열중하고 있
다. 발터와 빌헬름은 안쪽에서 작은 석궁을 가지고 논다.

발터 (노래한다)

　화살과 활을 들고

　산과 골짜기로

　사냥꾼은 간다네,

　이른 아침 햇빛을 받으며.

　공중 나라에선

　솔개가 왕이고—　　　　　　　　　　　　　　　　1470

　산과 골짜기에선

　사냥꾼이 지배자.

　그의 화살이 닿는

　너른 곳이 그의 땅,

　거기서 날고 기는 것이

　그의 사냥감.

　(뛰어온다)

줄이 끊어졌어요. 고쳐주세요, 아버지.

텔

　나 말고. 진짜 사냥꾼은 혼자 해야지.

　(아이들 돌아간다)

헤드비히

아이들이 활쏘기를 일찍 시작했어요.

텔

대가가 되려면 일찍 연습해야지.   1480

헤드비히

아 하나님, 아예 안 배웠으면 좋겠는데.

텔

저 녀석들은 모든 걸 배워야 해. 씩씩하게
삶을 개척하려면 공격과 수비를 위해
준비를 갖추어야지.

헤드비히

                    아, 아무도 집에서 평화를
얻진 못하겠네,

텔

                    여보, 나도 그건 못하오.
자연이 나를 목동으로 만들지 않았으니
난 쉬지 않고 재빠른 목표물을 쫓아야지.
매일 새로운 걸 잡아야만
삶이 즐거운걸.

헤드비히

그사이 당신을 기다리며 애태우는   1490
아내의 두려움은 생각하지 않는 거죠.
사내들이 당신들의 모험 이야기를 하면

난 공포심에 사로잡혀요.

당신이 집을 나설 때마다 다시는 내게로

돌아오지 못할까, 가슴이 떨리는걸요.

당신이 거친 설산에서 길 잃고

이쪽 낭떠러지에서 저쪽으로 잘못

건너뛰는 모습이 보이는 듯하고, 영양이

되돌아 뛰며 당신과 함께 구덩이로 떨어지는 것도,

눈사태가 당신을 덮치는 것도,   1500

믿을 수 없는 만년설이 발아래서 깨지면서

당신이 아래로 떨어져 산 채로

매장당하는 것도 보이지요―

아, 대담한 알프스 사냥꾼을 데려가려고

죽음은 백 가지로 변장하고 나타나니까요.

낭떠러지에서 목숨을 걸고 나아가다니,

그건 불행한 밥벌이지 뭐예요!

텔

건강한 감각으로 잽싸게 사방을 살피고

하나님을 믿으며 순발력이 있는 사람은

어떤 위험이나 곤경에서도 쉽게 빠져나오지.   1510

산에서 태어난 자는 산이 무섭지 않다오.

(일을 끝내고 연장을 치운다)

이제 문은 오래 잘 버틸 거요. 집에

도끼가 있으면 목수를 부르지 않아도 되거든.

(모자를 집어 든다)

헤드비히

어디로 가시나요?

텔

　　　　　　알트도르프의 장인께 가오.

헤드비히

당신도 위험한 생각을 하는 건 아니지요? 털어놔요.

텔

당신은 어떻게 알았소, 부인?

헤드비히

　　　　　　　　　　태수들에 대항해

무슨 일을 꾸미고 있지요— 뤼틀리에서 회의가

열렸고, 나도 알아요, 당신도 동맹에 들었지요.

텔

난 거기 가지 않았소— 하지만 조국이 부르면

나랏일에 빠지진 않을 거요.　　　　　　　　　1520

헤드비히

그들은 당신을 위험한 곳으로 보낼걸요.

언제나 그렇듯 가장 힘든 일이 당신 몫이겠지요.

텔

각자 능력대로 분담하는 거요.

헤드비히

저 운터발덴 사람도 당신이 폭풍 속에 호수를
건네주었죠— 당신들이 빠져나온 건
기적이었어요— 당신은 도대체 애들과
아내는 생각하지 않나요?

텔

　　　　　　　　　　여보, 난 당신들을
생각해. 그래서 그의 아이들에게 아버지를 구해준 거요.

헤드비히

물살이 날뛰는 호수에 배를 띄워서 말이죠! 그건
하나님을 믿는 게 아니죠! 하나님을 시험하는 거예요.　　1530

텔

너무 많이 생각하는 사람은 적게 이루는 법이오.

헤드비히

그래요, 당신은 선하고 남을 잘 돕지요, 모두를 돕지만,
당신이 곤경에 빠지면 아무도 당신을 도와주지 않을걸요.

텔

내가 도움이 필요하지 않도록, 하나님, 도우소서.
(그는 석궁과 화살을 집어 든다.)

헤드비히

석궁은 뭐 하러 가져가나요? 그건 여기 놔두세요.

텔

무기가 없으면 팔이 없는 셈이거든.

(아이들 돌아온다)

발터

아버지, 어디 가세요?

텔

알트도르프의 할아버지께

간단다— 같이 갈래?

발터

그럼요, 같이 가죠.

헤드비히

태수가 와 있는데. 알트도르프는 가지 말아요.

텔

그는 오늘 중에 **떠난다오.**

헤드비히

그러니 그가 떠나게 둬요.　　　　1540

당신 생각이 나지 않도록, 그가 우릴 미워하는 거 아시죠.

텔

그의 나쁜 마음이 나를 해치진 못할 거요,

나는 바르게 행동하니 어떤 적도 두렵지 않아.

헤드비히

바르게 행동하는 사람들을 그는 가장 미워하죠.

텔

자기가 어찌할 수 없기 때문이지― 그 기사가

나를 내버려둘 거라고 생각하오.

헤드비히

그래요, 당신이 그걸 아세요?

텔

　　　　　　　　　얼마 전 일이오.

난 사람 그림자 없는 셰헨 골짜기

거친 땅을 통과해 사냥을 나갔소.

홀로 암벽길을 따라 사냥감을 쫓는데,　　　　　　　　1550

거긴 피할 데도 없는 곳이오,

머리 위론 가파른 암벽이 솟아 있고,

아래쪽엔 셰헨강이 무시무시하게 흐르니까,

(아이들이 달려와 그의 오른편과 왼편에 서서 바짝 긴장하여

그를 올려다본다)

그때 태수가 맞은편에서 걸어왔소.

그도 혼자였으니, 나하고 완전 단둘이서 그냥

인간 대 인간으로 만난 거지, 바로 옆은 낭떠러지고.

그 나리께서 나를 바라보다가 자기가

얼마 전에 하찮은 일로 무거운

벌을 내린 사람임을 알아보았소, 게다가

내가 훌륭한 무기까지 들고 맞은편에서　　　　　　　　1560

걸어오는 걸 보더니 그만 파랗게 질려서

무릎이 말을 듣지 않는 거요, 나는 그가
암벽으로 쓰러지려는 걸 보았지,
—그래 그가 딱하게 생각되어 가까이 다가가
겸손하게 말했소. "저올시다, 태수 나리."
하지만 그는 입에서 가여운 비명조차
내지 못하는 거요— 말없이 손으로만
내 길이나 가라고 손짓하기에, 나는
그곳을 떠나 그에게 종자를 보냈다오.

헤드비히

그가 당신 앞에서 벌벌 떨었다고요— 맙소사!   1570
그가 약해진 꼴을 보았으니, 절대 용서하지 않을걸요.

텔

그래서 나는 그를 피했소, 그도 **나를** 찾진 않을 거고.

헤드비히

오늘은 거기 가지 마세요. 차라리 사냥을 가요.

텔

무슨 생각을 하는 거요?

헤드비히

　　　　　　　　난 무서워. 멀리 해요.

텔

어쩌자고 그렇게 까닭도 없이 불안해하시오?

헤드비히

까닭이 없으니**까요**— 텔, 여기 머물러요.

텔

여보, 나는 가기로 약속했다오.

헤드비히

가야 **한다면** 가세요— 다만 아이는 두고 가세요!

발터

아니, 엄마, 난 아버지하고 갈 테야.

헤드비히

벨티,* 어머니를 놔두고 말이냐?   1580

발터

할아버지한테서 멋진 걸 가져다드릴게요.

(아버지와 함께 간다)

빌헬름

어머니, 난 여기 남았어요!

헤드비히 (그를 끌어안으며)

그래, 넌
내 사랑스러운 아이다, 너만은 남았구나!

(그녀는 문간으로 가서 떠나는 사람들을 오래 눈으로 전송한다)

---

* 발터의 애칭.

제2장

사방이 막힌 거친 숲, 물보라 치는 급한 물살들[폭포]이 암벽에
서 떨어져 내린다.

사냥복 차림의 베르타. 곧이어 루덴츠

베르타

그가 따라온다. 마침내 분명히 말할 수 있겠어.

루덴츠 (급히 들어온다)

아가씨, 이제야 마침내 둘이 있게 됐네요.

사방에 절벽이 우리를 둘러싸고 있으니.

이 험한 곳에선 사람 눈이 두렵지 않아요,

이 긴 침묵에 대해 마음속으로 생각해보았죠.

베르타

사냥 일행이 우리를 따라오지 않는 게 분명하지요?

루덴츠

저쪽으로들 갔소 ─ 지금 아니면 다신 기회가 없지!　　　1590

난 이 소중한 순간을 잡아서 ─

내 운명이 결정되는 것을 봐야겠어요.

설사 그게 당신과 영원히 헤어지는 것이라도.

─오, 선량한 눈길을 그렇게 어두운 엄숙함으로

무장하지 말아요— 당신을 향해 대담한

소망을 갖다니, 나는 **누군가**?

명성을 날리지도 못했고, 승리로 유명해져서

위풍당당하게 당신한테 구혼하는

기사들의 반열에도 들지 못했죠.

신의와 사랑이 가득한 마음 말곤 가진 게 없습니다.　　　1600

베르타 (진지하고 엄숙하게)

가장 절박한 의무에도 신의가 없는

사람이 사랑과 신의를 말할 수 있나요?

(루덴츠, 뒤로 물러선다)

자기 민족의 압제자, 이방인에게

자신을 팔아버린 오스트리아의 노예가?

루덴츠

아가씨, 당신에게서 이런 비난을 듣다니요?

내가 당신 말고 누구를 그 편에서 찾는데요?*

베르타

나를 배신의 편에서 찾으려 생각했다고요?

차라리 내 손을 압제자 게슬러에게

---

*　베르타는 숲고을에 영지를 가진 귀족. 숲고을을 병합하려는 황제의 태수 게슬러는 그녀와 혼인해서 그녀의 영지를 차지할 속셈인데, 귀족인 루덴츠도 그녀를 사랑한다. 그는 그녀의 마음을 얻으려고 삼촌의 말도 듣지 않고 오스트리아 귀족들과 가까이 지내고 있다.

내주고 말겠네요, 스스로 그의 도구가

되겠다며 본성을 망각한   1610

스위스의 아들보다는요!

루덴츠

오, 하나님, 내가 무슨 말을 듣나!

베르타

　　　　　　　　　　　　　　어떻게 그러죠?

선량한 인간에게 자기 사람들보다 더 가까운 게 뭔가요?

고귀한 마음에는, 억압받는 자의 권리를

보호하고 무죄함의 수호자가 되는 것보다

더 아름다운 의무가 있을까요?

—내 영혼은 당신의 민족 때문에 피를 흘려요,

나는 그들과 **함께** 고통받죠, 그들을 사랑하니까요.

그토록 겸손하면서도 힘이 넘치는 사람들,

그들이 내 온 마음을 잡아끌어요,   1620

나날이 그들을 더욱 존경할 일을 알게 됩니다.

—하지만 당신은, 자연과 기사의 의무로 인해

타고난 민족의 수호자가 되어야 하건만,

민족을 **버리고** 신의 없게도 적의 편으로 넘어가,

자기 나라에 쇠사슬을 만들어주는 당신은

내 마음을 상하게 하고 모욕하죠, 당신을

미워하지 않도록 나는 마음을 억눌러야 합니다.

루덴츠

나는 민족에게 가장 좋은 걸 바라는 게 아닌가요?
오스트리아의 강력한 왕홀 아래서 민족에게
평화를―

베르타

           당신은 민족의 속박을 준비하는 거죠!   1630
이 땅에 남아 있는 마지막 자유의
성(城)에서 자유를 쫓아내는 거요.
민족은 자기 행복을 더 잘 알아요,
그 어떤 허상도 그들의 확고한 감각을 속이지 못하죠,
당신의 머리엔 저들이 그물을 던졌건만―

루덴츠

베르타! 당신은 나를 미워하고 경멸하는군요!

베르타

그렇기라도 하면 다행이죠― 그 사람[당신]이
멸시받고, 또 멸시받아 마땅하다는 걸 **보면서도**
그[당신]를 사랑하고 싶어지니―

루덴츠

                베르타! 베르타!
당신은 천상의 최고 행복을 보여주면서   1640
같은 순간에 나를 추락시키네요.

베르타

아니, 아니죠, 당신 속에서 고귀한 것이 완전히
죽은 건 아니야! 잠들었을 뿐, 내가 깨우겠어요,
당신은 타고난 미덕을 죽이느라
자신에게 폭력을 행사하겠지요.
하지만 다행히도 그 미덕이 당신보다 강하고,
당신 자신에 맞서서 당신은 선하고 고귀하죠!

루덴츠

당신은 나를 믿고 있네요! 오, 베르타, 내가
당신의 사랑이기만 하다면!

베르타

홀륭한 자연이
당신을 만들어준 바로 그 사람이 되세요!　　　　　　1650
자연이 당신을 세워준 그 자리를 차지해요,
당신의 민족과 나라의 편에 서서
당신의 거룩한 권리를 위해 싸워요.

루덴츠

맙소사!
황제의 힘에 거역한다면, 나는 어떻게
당신을 얻고 차지할 수가 있나요?
당신 친척들의 강한 의지가 당신의 손을
폭군처럼 지배하지 않나요?

베르타

내 영지들은 숲고을에 있어요.

스위스 사람들이 자유로워야 나도 자유로워요.

루덴츠

베르타! 당신은 내게 어떤 관점을 열어주는가!　　　　　1660

베르타

오스트리아의 은총으로 나를 얻기를 바라지 말아요,

그들은 내 세습영지에 손길을 뻗고 있어요,

그것을 큰 영지와 합치려 합니다.

당신들의 자유를 삼키려 하는 것과 똑같은

땅 욕심이 내 자유도 위협하지요!

—오, 친구여, 나는 아마 어떤 총신에게

보상으로 줄 희생 제물로 뽑혔으니—

거짓과 음모가 판치는 곳, 그들은

황제 궁으로 나를 데려가려고 하죠.

거기선 증오스러운 혼인의 사슬이 나를 잡겠지요,　　　　　1670

사랑만이— 당신의 사랑만이 나를 구할 수 있어요!

루덴츠

당신은 여기 살기로, 내 조국에서

내 사람이 되기로 결심할 수 있나요?

오, 베르타, 먼 곳을 향한 나의 동경은 오로지

당신을 향한 열망이 아니고 무엇이었던가?

명성을 향한 길에서 나는 오직 당신만을 찾았고,

내 모든 명예욕은 오로지 사랑일 뿐이었소.
당신이 나와 함께 이 고요한 골짜기로
들어와, 세상의 영광을 포기할 수 있다면—
오, 그러면 내 열망은 이미 목적을 찾은 거죠,					1680
사납게 요동치는 세상의 폭풍이 산들로
이루어진 이 안전한 물가를 쳐보라지요—
나는 삶의 광활함을 향해
순간의 소망도 보내지 않을 겁니다—
이 암벽들이 우리 주변에 뚫을 수 없이
견고한 성벽이 되어줄 테고,
닫혀 있는 이 행복의 골짜기는 하늘을
향해서만 열리고 트여 있으니까요!

베르타

이제야 당신은 내 예감하는 마음이 꿈꾸던
그 사람이네요, 내 믿음은 나를 속이지 않았어요!					1690

루덴츠

나를 현혹하던 공허한 망상이여, 가버려라!
나는 고향에서 행복을 찾아야 한다.
여기 소년이 즐겁게 꽃 피어난 이곳,
수많은 기쁨의 흔적들이 나를 둘러싼 곳,
온갖 샘들과 나무들이 사는 곳,
조국에서 당신이 내 사람이 되겠다고!

아, 나는 언제나 조국을 사랑했지요! 지상의
온갖 행복에도 그게 아쉬웠을 겁니다.

베르타

이곳 천진한 땅이 아니라면 대체
어디서 행복의 섬을 찾을 수 있겠어요?   1700
오랜 신의가 자리 잡고 사는 이곳,
거짓이 발붙일 곳을 찾지 못하는 곳,
여기선 어떤 시기심도 우리 행복의 원천을
흐리게 하지 못하고, 시간은 영원히 밝게 흐르니,
—여기서 나는 진짜 남자인 **당신을** 보겠어요,
자유롭고 평등한 사람들이 순수하고 자유로운
충성심으로 존경하는 일인자를, 자기 왕국에서
왕처럼 위대하게 행동하는 당신을 보겠어요.

루덴츠

모든 여인 중의 왕관이여, 여기서 나는 당신이
여인에게 어울리는, 매혹하는 분주함으로   1710
내 집을 천국으로 만드는 걸 보겠소,
봄이 꽃들을 흩뿌리듯, 아름다운 우아함으로
내 삶을 치장하고, 사방 모든 일에
생기를 불어넣고 행복하게 하는 것을 보겠소!

베르타

보세요, 소중한 벗이여, 삶에서 이런 최고 행복을

당신 스스로 파괴하는 걸 보고, 내가 어째서
슬퍼했던가를— 맙소사! 내가 저 오만한 기사[게슬러],
이 나라의 압제자를 따라 그의 어두운 성으로
가야 한다면, 나는 어찌 되겠어요!
　—여긴 성이 없죠. 어떤 성벽도 내가 행복하게　　　　　　1720
해줄 민중에게서 나를 떼어놓지 않죠!

루덴츠

하지만 어떻게 나를 구하나, 어리석게도 내가
내 목에 옭아맨 이 올가미를 어찌 풀지요?

베르타

남자다운 결심으로 그걸 끊어버려요!
결과가 어찌 되든— 당신 민족 편에 서세요,
그게 당신이 타고 난 자리죠.
(멀리서 사냥 나팔 소리)
　　　　　　　　　　　　일행이
가까이 오네요— 가세요, 우린 갈라져야 해요—
조국을 위해 싸워요, 그럼 사랑을 위해 싸우는 거죠!
우리 모두 **하나의** 적 앞에서 떨고,
하나의 자유가 우리 모두를 자유롭게 합니다!　　　　　1730
(두 사람 퇴장)

제3장

영국의 일러스트레이터 필립 대드의 삽화.

알트도르프 근처 목초지. 무대 앞부분에 나무들, 무대 뒷부분에는 장대 위에 모자. 배경은 반베르크산으로 막히고, 그 위로 눈 덮인 산들이 솟아 있다.

프리스하르트와 로이트홀트가 보초를 선다.

프리스하르트

우린 공연히 지키는 거야. 하필 이 길로

오다가 모자에 경의를 표할 사람은 아무도

없을걸. 보통 때 여긴 연시(年市)처럼 사람들이 바글댔지만

지금은 초원 전체가 폐허 같단 말이지,

저 도깨비가 장대 위에 걸린 뒤로는 말이야.

로이트홀트

지긋지긋하게도 나쁜 놈들만 나타나서는

너덜너덜한 모자를 흔들어대지.

제대로 된 사람은 모자에

허리를 굽히느니 차라리 일부러

먼 길로 빙 돌아서 피하고 말지.　　　　　　　1740

프리스하르트

정오쯤 사람들이 시청에서 나오면

이 광장을 지나가지 않을 수 없어.

그러니 난 멋진 사냥을 할 거라고 생각했지,

아무도 모자에 절하려 하진 않을 테니까.

그러자 신부 뢰셀만이 ― 때마침 환자의

집에서 오는 길에 ― 성체(聖體)를 들고서

장대 앞에 서는 게 아닌가 ―

성물 보관인이 작은 종을 울리자

모두 무릎을 꿇었어, 나도 함께,

성체에 인사를 올린 거지, 모자가 아니고.

로이트홀트

들어봐, 친구, 우리가 모자 앞에서

형벌 기둥에 매달린 꼴이야,

기사가 빈 모자 앞에 방패를

들고 서 있는 건 수치야―

제대로 된 사람이라면 우릴 비웃을 게 뻔해,

―모자에게 경의를 표하라니, 맹세코!

이건 멍청한 명령이야!

프리스하르트

왜 비어 있는 모자에 절할 수가 없다는 건가?

자넨 어차피 여러 골 빈 머리통 앞에 절하면서.

(힐데가르트, 메히틸트, 엘스베트가 아이들을 데리고 장대를 둘

러싼다)

로이트홀트

자넨 명령을 충실히 지키는 악당이니,

용감한 사람들을 기꺼이 불행에 빠뜨리겠구나.

누가 됐든 모자 앞을 지나가라지,

나는 두 눈을 질끈 감고 보지 않을 테니.

메히틸트

저기 태수님이 매달려 있네― 절해라, 애들아.

엘스베트

맙소사, 그는 가고, 우리한테 자기 모자를 남기다니,

그 때문에 나라 사정이 더 고약해지지나 않았으면 좋겠네!

프리스하르트 (그들을 쫓아내며)

꺼져버려! 빌어먹을 여편네들 같으니!

누가 너희더러 오랬나? 남편들을 보내,

명령에 거역할 용기가 있다면 말이야!

(여자들 간다)

(석궁을 든 텔이 아들의 손을 잡고 등장한다. 그들은 전혀 주의

하지 않은 채 모자 곁을 지나 앞 무대로 걸어간다)

발터 (반베르크산을 가리키며)

아버지, 저기 산 위의 나무들은   1770

사람들이 도끼로 찍으면 피를 흘린다는데

정말인가요?

텔

누가 그런 말을 하더냐, 얘야?

발터

목동 아저씨가 이야기해줬어요— 나무들이

마법을 갖고 있다고요, 그래서 나무를 해치는

사람은 손이 자라나 죽고 만다고요.

텔

나무들은 마법을 가지고 있지, 그건 사실이야.

—저기 저 만년설 쌓인 흰 봉우리들이 보이니?

하늘로 솟은 봉우리들?

발터

그건 밤이면 천둥소리를 내며 우리한테

눈사태를 내려보내는 빙하들이죠,　　　　　　　　　　1780

텔

그렇단다, 그리고 저 위쪽의 숲이

방벽이 되어 막아주지 않았다면,

눈사태가 벌써 알트도르프를

파묻어버렸을걸.

발터 (잠시 생각한 다음)

아버지, 산 **아닌** 곳에도 나라들이 있나요?

텔

우리 고원지대에서 내려가

물길을 따라 점점 더 아래로 가면

크고 평평한 땅에 이르는데,

거기선 계곡물이 거품을 내지도 않고,

강물은 고요하고 평화롭게 흐른단다,　　　　　　　　1790

그곳에선 사방을 훤히 바라볼 수 있고,

길고 아름다운 초지에선 곡식이 자라지,

마치 정원처럼 보이는 땅이란다.

발터

아이, 아버지, 그럼 우린 왜 빨리

그 아름다운 땅으로 내려가지 않나요,
여기서 걱정하고 고생하지 말고요?

텔

그 땅은 하늘나라처럼 아름답고 좋거든,
하지만 농사짓는 사람들은 자기들이
가꾸는 은총을 누리지 못하지.

발터

그들은 아버지처럼
자기가 물려받은 땅에서 자유롭게 살지 않나요?　　　1800

텔

땅은 주교와 왕의 것이지.

발터

그래도 숲에서는 자유롭게 사냥할 수 있지요?

텔

사냥감과 새들은 주인 것이란다.

발터

그럼, 강에서 자유롭게 고기를 잡을 순 있겠지요?

텔

강, 바다, 소금은 왕의 것이지.

발터

모두가 무서워하는 왕은 누군가요?

텔

그들을 보호하고 먹이는 **한** 사람이야.

발터

그들은 용감하게 자신을 방어할 수 없나요?

텔

거기선 이웃이 이웃을 믿을 수가 없어.

발터

그럼, 아버지, 그 너른 땅이 내겐 좁아요.
차라리 여기 눈사태 아래서 살겠어요.

텔

그래, 그게 더 낫지, 애야, 나쁜 사람들보다는
빙하 덮인 산들을 뒤에 두고 사는 편이 낫지.
(그들이 지나가려 한다)

발터

아이, 아버지, 저기 장대 위에 모자 좀 보세요.

텔

모자가 무슨 상관이야? 가자, 어서.
(그가 가려는데, 프리스하르트가 창으로 가로막으며 마주 선다)

프리스하르트

황제의 이름으로! 멈추어라!

텔 (창을 붙잡으며)

무슨 일이오? 왜 나를 잡는 거요?

프리스하르트

1810

법을 어겼으니까. 우릴 따라오시오.

로이트홀트

당신은 모자에 경의를 표하지 않았어.

텔

친구여, 나를 보내주시오.

프리스하르트

어서, 어서 감옥으로!   1820

발터

아버지를 감옥으로 데려간다고! 살려줘요! 살려줘!

(무대 안쪽을 향해 외친다)

이리로 와요, 여러분, 좋은 분들, 도와줘요,

폭력이다, 폭력, 그들이 아버지를 잡아가요.

(신부 뢰셀만, 성물 보관인 페터만이 다른 사람들과 함께 달려

온다)

성물 보관인

무슨 일이야?

뢰셀만

이 사람한테 무슨 폭행이오?

프리스하르트

그는 황제의 적이고 역적이다!

텔 (그를 사납게 잡으며)

역적이라고, 내가!

뢰셀만

　　　　잘못 알았소, 이봐요, 그는

텔이야, 명예를 아는 좋은 시민이오.

발터 (발터 퓌어스트를 보고 그에게로 달려가며)

할아버지, 도와주세요, 아버지를 잡아가요.

프리스하르트

감옥으로, 어서!

발터 퓌어스트 (서둘러 다가오며)

　　　　내가 보증하지, 멈추시오!

—맙소사, 텔, 무슨 일인가?　　　　　　　　　1830

(멜히탈과 슈타우파허가 온다)

프리스하르트

그는 태수님의 지엄하신 분부를

무시하고 아는 체도 안 했소.

슈타우파허

텔이 그랬을 리가?

멜히탈

　　　　거짓말이지, 이봐!

로이트홀트

그는 모자에 경의를 표하지 않았소.

발터 퓌어스트

그래서 그를 감옥으로? 이보게,

내 보증을 받고 그를 놓아주게.

프리스하르트

당신과 당신 몸이나 보증하시지!

우리는 명령받은 일을 행하니까 ― 자, 가자!

멜히탈 (사람들에게)

안 됩니다, 이건 명백한 폭력이오! 우리 눈앞에서

뻔뻔스럽게 그를 끌고 가는 꼴을 견뎌야 합니까?　　　　1840

성물 보관인

우리가 더 강해요. 친구들, 참지 말아요,

다른 사람들이 뒤에 더 있어요.

프리스하르트

누가 태수의 명에 거역하는가?

세 사람 더 (서둘러 들어오면서)

우리가 돕겠소. 무슨 일이오? 놈들을 때려눕혀라!

(힐데가르트, 메히틸트, 엘스베트, 돌아온다)

텔

나 혼자 할 수 있소. 가시오, 여러분,

힘을 쓸 것 같으면 내가

그들의 창을 두려워할 것 같소?

멜히탈 (프리스하르트에게)

우리들 한가운데서 그를 끌고 가보시지!

발터 퓌어스트와 슈타우파허

침착해요! 조용히!

프리스하르트 (외친다)

폭동이다! 모반이오!

(사냥 나팔 소리가 들린다)

여인들

태수가 돌아온다.

프리스하르트 (소리를 높여)

반란이다! 모반이오!　　　　　　　　　　　　　1850

슈타우파허

목이 터지도록 소리쳐라, 악당!

뢰셀만과 멜히탈

말 안 할 거냐?

프리스하르트 (더 높이 외친다)

도와주시오, 법의 집행자를 도와주오.

발터 퓌어스트

저건 태수다! 맙소사, 이 일이 어찌 될꼬!

(말 탄 게슬러, 손에 매를 쥐고 있다. 루돌프 데어 하라스, 베르
타와 루덴츠, 많은 수의 무장한 하인, 그들은 창들로 원을 이루
며 무대 전체를 둘러싼다)

루돌프 데어 하라스

비켜라, 태수님께 자리를!

게슬러

그들을 흩어놓아라!

무슨 일로 사람이 이리 모였는가? 누가 도움을 청했지?

(모두 침묵)

누구냐? 알고 싶구나.

(프리스하르트에게)

너 앞으로 나와!

너는 누구며, 어째서 이 사람을 잡고 있는가?

(하인에게 매를 내준다)

프리스하르트

지엄하신 나리, 나리의 병사인 저는

이 모자를 지키는 경비병입니다.

이자가 모자에 경의를 표하지 않아   1860

현장에서 그를 붙잡았습니다.

나리의 명령대로 그를 체포하려는데,

민중이 그를 힘으로 빼내려고 합니다.

게슬러 (잠시 뒤에)

자넨 **그리도** 황제를 무시하는가, 텔,

그리고 여기서 황제 대리로 통치하는 **나도?**

내가 복종심을 시험하려고 걸어놓은

모자에 경의를 표하지 않다니?

그대는 그 나쁜 마음을 내게 드러낸 것이다.

텔

용서하십시오, 나리! 부주의 탓이지,

나리를 무시해서 생긴 일이 아닙니다.   1870

그렇게 생각했다면 나는 텔이 아닐 겁니다,

자비를 빕니다, 다시는 그런 일이 없을 겁니다.

게슬러 (잠시 침묵한 다음)

그대는 석궁의 명수라고, 텔,

사람들 말로는 쏠 때마다 명중한다고?

발터 텔

참말이에요, 나리 — 백 걸음 떨어진

나무에서 사과를 쏘아 맞혀요.

게슬러

자네 아들인가, 텔?

텔

예, 나리.

게슬러

아이가 더 있는가?

텔

사내아이 둘입니다, 나리

게슬러

어떤 아이를 가장 사랑하나?

텔

둘 다 제겐 똑같이 사랑스럽지요.   1880

게슬러

좋아, 텔! 그대가 백 걸음 떨어진 나무에서

사과를 쏘아 맞힌다니, 그 기술을 내 앞에서

보여줘야겠네— 석궁을 잡아라—

그걸 손에 쥐고— 준비되거든

아이의 머리에서 사과를 쏘아 떨어뜨리게—

내 충고하지만, 잘 겨냥해라, 첫발에

사과를 맞히도록,

실패하면 그대 목이 날아갈 거다.

(모두 놀라움의 표시)

텔

나리— 무슨 끔찍한 일을 생각하신

건지— 내 자식의 머리에서—   1890

아니, 안 됩니다, 나리, 그런 생각을 하셨을 리

없어요— 자비로운 하나님 보호하소서— 진심으로

그런 일을 아비에게 요구하실 리가 없어요!

게슬러

아이의 머리에서 사과를 쏘아 떨어뜨려라—

나는 그걸 요구하고 바란다.

텔

　　　　　　　　　　　내 석궁으로

내 자식의 사랑스러운 머리를

겨누라니 — 차라리 내가 죽겠소.

게슬러

활을 쏘거나 아니면 아들과 **함께** 죽을 것이다.

텔

내 자식의 살인자가 되어야 하다니!
나리, 당신은 자식이 없으시지요. —아비   1900
마음이란 게 어떤지 모르시지요.

게슬러

아이, 텔, 그대는 갑자기 그리도 신중하구만!
사람들 말로는 그대가 몽상가라던데,
다른 사람들의 방식을 멀리한다고.
자네는 특별한 것을 좋아하지 — 그래서
나는 자네를 위해 특별한 모험을 찾아낸 것이야.
다른 사람이라면 꽁무니 빼겠지만, **자네는** 두 눈
질끈 감고 용감하게 나설걸.

베르타

오, 나리, 이 가여운 사람들을 놀리지 마세요!
저들이 창백하게 떨고 있는 걸 보시면서— 그들은   1910
나리 입에서 나오는 농담에 익숙하지 않아요.

게슬러

내가 농담한다고 누가 그러던가?
(자기 머리 위로 늘어진 나뭇가지를 잡고)

여기 사과가 있다.

자리를 만들어라 — 필요한 만큼

자리를 넓혀라 — 팔십 걸음을 주겠다.

그보다 적어도 많아도 안 된다 — 그는 백 걸음

떨어진 곳에서 맞출 수 있다고 뽐낸다 —

사수여, 이제 맞추어라, 목표를 놓치지 마라!

루돌프 데어 하라스

맙소사, 진짜네 — 엎드려라, 애야,

태수님께 네 목숨을 빌어라.

발터 퓌어스트 (초조감을 누르지 못하는 멜히탈에게 방백)

참아요, 내 간청하오, 잠자코 있어요.

베르타 (태수에게)

충분해요, 나리! 아비의 두려움을 놓고

장난치는 것은 비인간적인 일이에요.

이 가여운 사람이 가벼운 죄로 인해

목숨을 잃게 되었다 해도, 맙소사!

그는 이미 열 번은 죽음을 겪었을 거예요.

다치지 않은 채로 자기 집으로 보내주세요.

그는 당신을 알았으니, 그와 그 후손들이

이 순간을 기억할 거예요.

게슬러

길을 내라 — 어서! 무얼 망설이느냐?

네 목숨은 다했다, 나는 너를 죽일 수 있어,   1930

그런데도 자비롭게 그대의 운명을

그대 자신의 능숙한 손에 맡기는 것이다.

자기 운명의 주인으로 만들어주었으니

가혹한 선고라고 불평할 수는 없을 거다.

그대는 확실한 시력을 자랑하지. 좋다!

여기서 **사수여**, 그대의 기술을 보여줄 수 있다.

목표물은 고귀하고, 상은 크다!

과녁 안의 검은 점을 맞추는 **거야** 다른

사람도 할 수 있지, 자기 기술을 어디서나

확신하고, 마음의 떨림이 손과 눈에   1940

영향을 주지 않는 **그런** 사람이 대가다.

발터 퓌어스트 (그의 앞에 엎드리며)

태수 나리, 우리는 전하를 알고 있습니다,

법보다 은혜를 선포하십시오, 저의 재산에서

절반을 받으세요, 아니, 그걸 전부 받으십시오,

다만 이 끔찍한 일을 아비에게 면해주십시오!

발터 텔

할아버지, 그 나쁜 사람 앞에 무릎 꿇지 말아요!

내가 어디 서야 하는지 말해요, 나는 겁나지 않아,

아버지는 날아가는 새를 쏘아 맞혀요,

아들 마음을 놓칠 리 없지요.

슈타우파허

태수 나리, 아이의 천진함이 감동을 주지 않나요?　　　　　　1950

뢰셀만

오, 하늘에 하나님이 계시니, 당신은 뒷날

이 행동에 대해 고해야 한다는 걸 생각하십시오.

게슬러 (소년을 가리키며)

그 애를 저기 보리수나무에 묶어라!

발터 텔

　　　　　　　　　　　　　　　나를 묶으라고!

안 돼요, 나는 묶이지 않을 테야. 나는 양처럼

가만히 서서 숨도 쉬지 않을 거예요.

나를 묶으면 안 돼, 그럼 난 못 견뎌요,

묶인 걸 벗어나려고 마구 발버둥 칠 거야.

루돌프 데어 하라스

눈이라도 가려야지, 애야.

발터 텔

왜 눈을 가려요? 아버지 손에서 날아오는

화살을 내가 무서워할까봐? 난 꼼짝도 안 하고　　　1960

기다릴걸, 눈도 깜빡이지 않을 거야.

—어서, 아버지, 사수가 어떤 건지 보여주세요,

저 사람은 아버지를 믿지 않고, 우릴 망치려 해요—

저 사나운 사람이 화나게 쏘아서 맞혀요.

(그는 보리수나무로 걸어가고, 누군가 그의 머리에 사과를 올

려놓는다)

멜히탈 (지방민에게)

무엇이? 우리 눈앞에서 이런 뻔뻔스러운 일이

벌어져야 하나? 우린 뭐 하러 맹세했나?

슈타우파허

소용없어, 우린 무기가 없소.

우리 주변을 막아선 저 창들을 보시오.

멜히탈

오, 우리가 빠른 행동으로 옮겼더라면,

하나님, 미루자고 한 사람들을 용서하소서!　　　　　1970

게슬러 (텔에게)

시작하라! 무기란 공연히 들고 다니는 게 아니다.

살인 무기를 들고 다니는 건 위험한 일이지,

화살이 사수에게 되돌아오는 법이거든.

농부가 이런 오만한 권리를 갖다니,

이 나라 최고 통치자를 모독하는 일이다.

지배하는 자 말고는 아무도 무장하지 말라.

화살과 활을 들고 다니는 게 좋다면

내가 목표물을 제시하겠다.

텔 (석궁을 당기고 화살을 먹인다)

길을 비켜라! 비켜!

154

슈타우파허

뭐라고, 텔? 당신은— 안 돼 — 떨고 있네,   1980

손이 떨리고, 무릎이 흔들려요—

텔 (석궁을 아래로 내린다)

눈이 아물거린다!

여자들

하나님, 맙소사!

텔

(태수에게)

쏘는 걸 면제해주십시오. 여기 내 심장이 있소!

(가슴을 열어젖힌다)

기병들을 불러 나를 찌르시오.

게슬러

나는 너의 목숨이 아니라, 네가 쏘기를 바란다.

—너는 모든 걸 할 수 있지, 텔, 무엇도 망설이지 않아,

활처럼 노도 잘 젓고, 누군가를 구하는

일이라면 폭풍도 두려워하지 않지.

자, 구원자여, 자신을 구하라— 그럼 모두를 구할 것이다.

(텔은 격렬하게 갈등하며 서서 양손을 벌벌 떨고, 눈알을 굴려

태수를 보았다가 하늘을 보았다가 한다. —갑자기 화살통에서

두 번째 화살을 꺼내 옷깃에 꽂는다. 태수는 이 모든 행동을 주

의 깊게 살펴본다)

발터 텔

(보리수나무 아래서)

아버지, 쏘아요, 난 무섭지 않아.

텔

                                   그래야지!   1990

(그는 힘을 모아 살을 먹인다)

루덴츠 (그동안 내내 격심한 갈등에 사로잡힌 채 자신을 억제하다

가 앞으로 나선다)

태수 나리, 계속하지는 않으시겠죠,

더는 **안** 하실 겁니다 — 그냥 시험일 뿐이죠—

목적을 이미 이루셨어요— 더 나아가면

시험한다는 지혜로운 목적을 벗어나

너무 팽팽히 당겨진 줄이 끊어질 겁니다.

게슬러

당신을 부르기까진 침묵하시오.

루덴츠

                                  말하겠습니다.

말할 수 있고요, 왕의 명예는 거룩한 것이나

이런 통치는 증오를 얻을 겁니다.

이건 왕의 뜻이 아닙니다 — 나는 감히

주장하지만 — 내 민족은 이런 잔혹함을 당할   2000

일을 하지 않았으니, 당신이 이럴 권한은 없습니다.

게슬러

하, 당신 아주 용감한걸!

루덴츠

나는 그동안

힘든 일들을 많이 보고도 조용히 침묵했지요.

보는 눈을 감고, 부풀어

터지려는 심장을 가슴에

도로 밀어 넣었습니다.

하지만 더 이상 침묵한다면, 그건

내 조국과 황제에 대한 배신이 될 겁니다.

베르트 (그와 태수 사이로 몸을 던지며)

오, 하나님! 당신은 분노한 사람을 자극하네요.

루덴츠

나는 당신들과 연합하려고   2010

내 민족을 등지고 내 혈육을 저버리며

자연의 온갖 유대를 끊었어요.

황제의 권력을 강화함으로써 모든 것 중에

가장 좋은 것을 후원한다고 생각했지요.

하지만 이제 내 눈에서 비늘이 떨어졌으니 — 내가

심연 가까이로 끌려왔음을 놀라며 깨닫고 있소이다.

당신은 내 자유로운 판단을 그릇되게 이끌었고,

내 솔직한 마음을 유혹했소 — 나는 선한

마음으로 하마터면 내 민족을 망칠 뻔했소.

게슬러

무례한 자, 이런 말을 너의 주인에게?　　　　　　　　　　2020

루덴츠

당신이 아니고 황제가 나의 주인이오— 나는

당신과 마찬가지로 자유롭게 태어났으니,

기사의 온갖 미덕으로 당신과 겨루겠소.

당신이 내가 존경하는 황제의 이름으로 여기

있는 게 아니라면, 비록 그를 욕보이고는 있지만,

나는 당신에게 장갑을 던졌을 것이오, 그러면 당신은

기사의 관습에 따라 내게 응답해야 했을 거고.

—그래요, 기병들에게 손짓하시오— 나는

저들처럼—

(민중을 가리키며)

　　　　　　　—무기가 없는 게 아니니까, 내겐 칼이 있소,

내게 다가오는 자는—

슈타우파허 (외친다)

　　　　　　　　사과가 떨어졌다!　　　　　　　　　2030

(모든 사람이 이쪽을 향하고, 베르타가 루덴츠와 태수 사이에

엎드릴 때 텔은 활을 쏘았다)

뢰셀만

아이가 살아 있다!

많은 목소리

사과를 맞혔어!

(발터 퓌어스트가 비틀거리며 쓰러지려 하는데, 베르타가 그를
부축한다)

게슬러 (놀라며)

그가 쏘았다고? 어떻게? 미친놈!

베르타

아이가 살아서! 당신에게 오네요, 좋은 아버지!

발터 텔 (사과를 들고 뛰어온다)

아버지, 여기 사과요— 그럴 줄 알았어,
아들을 다치게 하지 않을 것을요.
(텔은 화살을 따라가려는 듯 몸을 앞으로 숙인 채 서 있다가—
석궁이 그의 손에서 미끄러져 떨어지고— 아들이 달려오는 것
을 보자, 팔을 활짝 벌리고 달려 나가 격한 감동으로 아들을 들
어 올려 가슴에 안는다. 이런 자세로 그는 힘없이 쓰러진다. 모
두 감동해서 서 있다)

베르타

오, 선하신 하늘이여!

발터 퓌어스트 (아버지와 아들에게)

아이들아! 내 아이들아!

슈타우파허

하나님, 찬양을!

로이트홀트

저게 활쏘기라네! 아주
뒷날에도 사람들은 이 이야기를 하겠는걸.

루돌프 데어 하라스

산들이 제자리에 서 있는 한 사람들은
명사수 텔의 이야기를 하겠구나.   2040

(태수에게 사과를 내준다)

게슬러

맙소사, 사과 한가운데를 명중했구나!
이건 대가의 솜씨다, 그를 칭찬하지 않을 수 없다.

뢰셀만

활 솜씨는 좋았지만, 하나님을 시험하도록
그를 내몬 사람에겐 화가 있을 거요.

슈타우파허

정신 차려요, 텔, 일어서요, 당신은 사내답게 자신을
구했소, 이제 자유롭게 집으로 돌아갈 수 있소.

뢰셀만

가시오, 어머니에게 아들을 데려다주어요.

게슬러

텔, 들어보게!

텔 (정신을 차리며)

무슨 명령입니까, 나리?

게슬러

　　　　　　　　　　　　　자네는

두 번째 화살을 뽑았지— 그래, 그래, 나는

다 보았다— 그걸로 무얼 할 셈이었나?　　　　　　2050

텔 (당황해서)

나리— 그거야 사수들의 습관입니다.

게슬러

아니야, 텔, 그 대답은 틀리다,

무언가 다른 뜻이 있었을 거다.

솔직하게 진실을 말해라, 텔,

그게 무엇이든, 그대 목숨은 내가 보장한다.

두 번째 화살은 무얼 위한 거지?

텔

　　　　　　　　　　좋습니다, 나리,

목숨을 이미 보장해주셨으니

진실을 말씀드리지요.

(그는 화살을 깃에서 꺼내고는 무시무시한 눈길로 태수를 바라

본다)

이 두 번째 화살로 쏘았을 겁니다— 당신을,

내가 사랑하는 아들을 맞혔다면 말이지요,　　　　2060

그리고 정말로! 나리를 빗맞히진 않았을 것이오.

게슬러

좋다, 텔! 그대 목숨은 보장해주었지,
기사의 약속이었으니, 그걸 지킬 셈이다—
하지만 너의 나쁜 의도를 알았으니
너를 끌고 가서 달도 해도 너를
비추지 못할 곳에 가두겠다, 네 화살에서
내가 안전해지도록 말이다.
그를 붙잡아라, 놈을 묶어라!

(텔은 묶인다)

슈타우파허

                       어떻게, 나리?
신의 손길이 분명히 나타난 사람한테,
어떻게 그런 식으로 대할 수 있습니까?   2070

게슬러

그 손길이 그를 한 번 더 구할지 두고 보자.
—그를 내 배로 데려가라, 나는 곧장 뒤따라
갈 테니. 그를 퀴스나흐트로 데려가겠다.

뢰셀만

그를 묶어 이 나라 밖으로 데려가려고요?

주민들

그럴 순 없소, 황제라도 그건 아니 됩니다.
그건 우리의 자유 칙령*에 위반됩니다.

게슬러

그런 게 어디 있나? 황제가 그걸 인정해주더냐?

그는 그걸 인정하지 않았다— 이런 은총은

복종을 통해서만 얻는 것이야.

너희 모두 황제의 법정에 맞서는 폭도들이니   2080

너희는 뻔뻔한 모반을 꾀하고 있다.

난 너희를 알아— 너희를 꿰뚫어 보지—

지금 나는 너희 한가운데서 **저놈을** 데려가지만,

너희 모두 그의 죄에 동참하고 있지.

영리한 자는 침묵하고 복종하기를 배워라.

(그는 멀어진다, 베르타, 루덴츠, 하라스와 시동들이 뒤를 따르

고, 프리스하르트와 로이트홀트는 뒤에 남는다)

발터 퓌어스트 (격렬한 고통 속에서)

이제 끝났다, 그가 나와 함께

내 집안까지 망치기로 결심했다.

슈타우파허 (텔에게)

오, 어쩌자고 폭군을 자극하는 거요!

텔

내 고통을 느낀 사람은 자제하시오!

슈타우파허

- 자유 칙령은 아무도 나라 밖으로 끌려가지 않는다는 걸 보장한다. 이 사건이 벌어
  진 알트도르프는 우리(Uri) 고을의 도시고, 퀴스나흐트는 슈비츠 고을의 도시다.

오, 이젠 모든 게 끝났어, 끝! 당신과

함께 우리 모두 묶이고 사로잡힌 거요!

사람들 (텔을 둘러싸고)

당신과 더불어 우리의 마지막 위안이 사라졌소!

로이트홀트 (다가온다)

텔, 안 되었소 ― 하지만 나는 복종해야 합니다.

텔

안녕히들 계시오!

발터 텔 (극심한 고통으로 그에게 매달리며)

오, 아버지, 아버지! 우리 아버지!

텔 (두 팔을 하늘로 향하고)

저 위에 너의 아버지가 계시다! 그분을 불러라!

슈타우파허

텔, 부인께는 당신 이야기를 하지 말까요?

텔 (아이를 가슴께로 들어 올리며)

아이는 다치지 않았소, 나는 하나님이 도우실 거요.

(재빨리 몸을 돌리고, 병사들을 따라간다)

카를 곤첸바흐, 〈텔의 아들〉(1859).

```
    LS AS ZTS TS AS                                   LAS
  ZW  WSTSWT L    TTT TA                               LW
  ATLWTLLTTLS       TTTZ  TA                           AnT
  SWSTAS     T    T TW SS S                            TLT ES
ZZT SLASWSWSLLWTEALWTWLTST                             WSSwTT
WLT LWWSLT SSwwETETSLSSTSS                             SSSSSS
WZLLS    ASWTSESEWSSWSSwE T                            LwSSSS
SnTLTTSLZ LAESWSRSSWWS TEL                             LAwS
S                        S  S
S

A
W
T


T
S

SSRLZLSTTRESSSSSSSSSSSS S                          SSSRS
SSSWWESSEEwwwSSSSRSSTISSSS                         S SSnW
SSSSSSwESSSSSWSSSTISSSSDED                         SSSSRS
SSSSSSSSSSWSSSSsSsSSSWWwss                         SSSSSS
SSSSSSWSSSSSSSWSSSISiSSSSS                         W SSSS
SSSSSSSSWISSWSSSSSWSWWSSSS                           WWSS
SSSSSSSSSWWSSSSSWSSSiSSS S                            SSS
SSSSSSSISSSSSSSSsWSSSSSSSS                         W   SS
SSSSSSWWSSSSWSSSSSSSISSssSS                        SssSS
SSSSSiSSiSSSSSSSSSiSSSISSSS                          SWSS
SSSsSSWSSSSSSISSSWSSSSSSSSS  SS                    SSS SsSS
SSSSSSSSSISSSSWWSSSSSSSSiSS                        SSSSSS
sSSSSSSSSSSSWSSSSSSSSSSSWS   SSSS        SS      SS      SS
SSSSSSSSSSSSSWSSSSSSSSSSSSSS                              SS
SSESSSiSSESSSSSSSSSSSSSWSss       SSS                     S
SSSSIIiISSiiSEiIsSSSWSSSSS    SWSSSS             SS    Si
SSSiIiISSSSSSWWWEEEWSSSSiISSS  Ww               W
SWsWWWWS sWSSSSWSWSSSSSSSWWSSSsW
SSSWSSSSSSsSWSSSWSSSSSSSSSS  W                            S
SiiSSSSSSSSSSSSSiSSSSSSSSSSS
SSsSSSSSSSSSSSSSSSSSSSSSWSSSSSiSSS
sSiSSSSSSWSSSSWWwSSSSSSSSSWSSSSS
SSSSSSSSSSSSSSSSSSWWSSSSSSSSSWSSSW
SSSSSSSSsSSSSSSSSSSsSSSSSWWSSS          S
iSSSSSSSSSSSSSSSSSSSSSwSISSsS  S                         S
WSSSSsSSSiSSSSSSSSSWSSSiSS
SWSSWSSSWSSSSSSSSSSSSSSSSSI
SSSWSSSSiSSSSSSSSSWSSSSS
SSIiiSESSSSSSSSSiSSsSSSW
SSsSWWSSSSWSSSSWSSSW
sSSsIWssSSsIISSSs
    sWSSSSWSSS
```

제 4막

제1장

오늘날 텔 예배당 안에 그려진 그림.

네숲고을호수의 동쪽 호숫가.

이상하게 생긴 가파른 암벽들이 서쪽의 원경을 가로막는다. 호
수는 격한 소리로 울부짖고, 간간이 번개와 천둥이 친다.

쿤츠 폰 게르자우, 어부와 어부의 아들

쿤츠

내 눈으로 보았다니까, 내 말 믿어도 되오.
내가 이야기한 그런 일이 있었어요.

어부

텔이 붙잡혀서 퀴스나흐트로 끌려간다고,
언제든 자유를 얻기 위해서는 이 땅의
최고 사내고 가장 용감한 무기인데.

쿤츠

태수가 직접 그를 데리고 호수를 건넌다니까.
내가 플뤼엘렌에서 떠날 때 그들이
배 띄울 준비를 하고 있었는데,
폭풍도 채비를 갖추고 있었으니,
폭풍이 그들의 출발을 막았을진 모르죠,
그래서 나도 서둘러 여기 상륙했으니까.

어부

텔이 사슬에 묶이다니, 태수의 폭력에 잡히다니!
오, 맙소사, 그는 텔을 아주 깊이 가두어
다시는 낮의 빛을 보지 못하게 할 거요!
자기가 혹독하게 자극한 그 자유인의
정당한 보복이 두려울 테니까!

쿤츠

민회장이신 고귀한 아팅하우젠 어르신도
사람들 말로는 임종의 자리에 계시다오.

어부

그렇다면 우리 희망의 마지막 닻이 부서지네!

민족의 권리를 위해 목소리를 높일

유일한 분이었는데!

쿤츠

폭풍이 드세지는걸. 잘 계시오,

난 마을에서 숙소를 잡아야겠소, 오늘   2120

출발하기란 다 틀린 것 같으니. (퇴장)

어부

텔은 붙잡히고, 남작은 죽는다!

그 뻔뻔한 이마를 들어라, 폭정이여,

모든 수치심을 던져버려, 진실을 말할

입은 닫히고, 보는 눈은 멀고,

구원해줄 팔은 묶이고 말았네.

소년

폭풍이 심해요, 집으로 들어가요, 아버지,

여기 밖에 있는 건 편치 않아요.

어부

바람아 불어라, 번개야 내리쳐라,

구름아, 찢어져 퍼부어라 하늘의   2130

물줄기를, 땅을 삼켜라! 태어나지도

않은 태중의 종족들을 파멸시켜라!

너희들 거친 원소들이* 주인이 되어라,

곰들아 오너라, 거대한 황야의 늑대들아,

이 땅은 다시 너희 것이다,

자유가 없다면, 누가 여기 살 것이냐!

소년

호수 바닥 흔들리고 소용돌이 울부짖네,

이 골짜기가 이렇듯 들끓은 적은 없는데.

어부

제 자식의 머리를 겨누라는 그런 명령이

아비에게 내려진 적은 없었다.   2140

그렇다면 자연이 거친 분노로 날뛰어야

옳지 않겠나— 오, 저 암벽이 무너져

호수로 떨어진대도,

저 뾰쪽뾰쪽 봉우리, 창조의 날

이후로 녹은 적 없는 얼음 폭풍이

저 높은 봉우리에서 아래로 떨어진대도

놀랍지 않아, 산들이 부서져도,

오랜 골짜기들 무너져도, 두 번째 대홍수가

살아 있는 것들의 거처를 삼킨다 해도!

(종이 울리는 소리)

* 비, 바람, 하늘, 땅 등이 나타내는 물, 공기, 흙, 불인 고대 원소.

소년

들어봐요, 저 산 위에서 종이 울리네요,   2150

분명 배가 위험에 빠진 걸 보고

기도의 종을 울리는 거예요.

(언덕 위로 올라간다)

어부

지금 나아가다가 이 무시무시한

요람에서 흔들리는 배가 불쌍하구나!

여기선 키도, 키잡이도 소용없어,

폭풍이 주인이고, 바람과 파도가 인간을

갖고 노는데— 친절하게 피난처를 내줄

가슴은 가까이도 멀리에도 없네!

손님 접대 모르는 암벽들은 손도 없이

가파르게 솟아 그를 마주 보며,   2160

가파른 돌 가슴만 내밀 뿐.

소년 (왼쪽을 가리킨다)

배다, 아버지, 플뤼엘렌에서 와요.

어부

하나님, 불쌍한 이들을 도우소서! 폭풍이

한 번 이 물골에 갇히면

바람은 쇠창살에 덤벼드는

맹수의 두려움으로 미쳐 날뛰지,

출구를 찾아 울부짖어도 헛일,

암벽이 사방을 막아서서

하늘로 향하는 좁은 통로만 남는걸.

(언덕 위로 올라간다)

소년

우리(Uri) 나리의 배에요, 아버지,

저 붉은 지붕과 깃발로 알겠어요.

어부

하나님의 심판이다! 그래, 그 사람이구나,

태수가 저기 타고 있어 — 배를 타고

자기 범죄도 거기 함께 실었다!

복수자의 팔이 빨리도 그를 찾아냈네,

놈도 이젠 제 위에 계신 더 강한 주인님을 알겠지,

파도는 놈의 목소리 따르지 않고

이 암벽들은 놈의 모자 앞에 고개

숙이지 않아 — 얘야, 기도하지 마라,

심판관의 팔을 붙잡지 마라!

소년

태수를 위해 기도하는 게 아니고 — 저

배에 함께 탄 텔을 위해 기도해요.

어부

오, 눈먼 원소들의 분별없음!

2170

2180

넌 죄인 **한** 놈 맞추자고 배와

함께 키잡이까지 파괴해야 하나!

소년

봐요, 그들은 다행히도 **북기스그라트**를

지나갔어요, 하지만 폭풍의 힘은

악마 사원에서 튕겨 나온

그들을 큰 **악센베르크**로 되돌려요.

—더는 안 보여요.

어부

갈고리칼*이 거기 있지,

이미 많은 배가 거기 부딪쳐 부서졌다,

그들이 영리하게 그곳을 지나치지 못하면,

배가 암벽에 부서지고 말지, 그 암벽은

물속으로 깊이 뻗어 있으니.

—배엔 뛰어난 키잡이가 있긴 하다,

누군가 구할 수 있다면, 그건 텔뿐이야.

하지만 그는 손과 팔이 묶였지.

(석궁을 든 빌헬름 텔 등장. 그는 빠른 걸음으로 다가와 놀란

모습으로 사방을 살피며 성급히 움직인다. 무대 중앙에 등장하

2190

* 갈고리칼, 북기스그라트, 큰 악센, 작은 악센은 모두 동편 호숫가 암벽들의 이름. 악마 사원은 서편 호숫가에 있다. 오늘날에는 평화롭게 정리되어 있지만 모두 높이가 2000미터 이상이었다.

자 바닥에 엎어지며 두 손으로 바닥을 움켜잡고, 하늘로 머리를

　향한다)

소년 (그를 알아보고)

　봐요, 아버지, 저기 무릎 꿇은 남자가 누구지요?

어부

　두 손으로 땅을 움켜쥐네.

　정신이 나간 것처럼 보여. 　　　　　　　　　　　　　　2200

소년 (앞으로 나온다)

　이게 뭔가! 아버지! 아버지, 이리 와서 보세요!

어부 (가까이 온다)

　이게 누군가? —하나님 아버지! 뭐라! 텔이?

　어떻게 이리로 오셨소? 말해요!

소년

　　　　　　　　　　　　아저씨는

　붙잡혀서 저기 배에 묶여 있지 않았나요?

어부

　퀴스나흐트로 끌려가던 중이 아니었소?

텔 (일어선다)

　나는 벗어났소.

어부와 소년

　　　　　　벗어났다고! 오 하나님의 기적!

소년

176

어디서 오시는 길인가요?

텔

저기 배에서.

어부

뭐라고?

소년 (동시에)

태수는 어디 있나요?

텔

파도 위에서 흔들리고 있지.

어부

그게 가능하오? 하지만 **당신은?** 당신은 어떻게 이리로?
묶은 줄과 폭풍에서 벗어났다는 건가요?   2210

텔

하나님의 자비로운 보살핌이지요— 들어봐요!

어부와 소년

오, 이야기해줘요!

텔

알트도르프에서 있었던 일은
알고 계시오?

어부

모두 알고 있소, 말해요!

텔

태수가 나를 잡아 묶으라 명령하고,

퀴스나흐트의 성으로 끌고 가려 했던 것을.

어부

당신을 끌고 플뤼엘렌에서 배를 탄 것도!

우린 모두 알고 있으니, 어떻게 빠져나왔는지 말해요!

텔

나는 밧줄로 꽁꽁 묶여 배에 누워 있었지요,

무기도 없이, 포기한 사내였으니— 희망이 없었소,

즐거운 태양의 빛을 다시 볼 수도,   2220

아내와 자식들 얼굴을 볼 희망도 없이,

황량한 물을 위안 없이 바라보았지—

어부

오, 가련한 사람!

텔

      그렇게 우린 출발했소,

태수, 루돌프 데어 하라스, 하인들.

내 석궁과 전통은 배의 고물[뒤쪽]에

키 옆에 놓여 있었소.

우리가 작은 악센의 모퉁이에

이르렀을 때 신께서 판결하셨소,

모든 키잡이의 간담이 서늘해질 끔찍한

살인적 악천후를 저 고트하르트   2230

골짜기에서 성급히 내려보내시기로 말이지,
모두 비참하게 빠져 죽는구나, 생각했다오.
그때 하인 하나가 태수에게
말하는 소리가 들려왔어요.
"나리와 우리의 곤경이 보이시지요,
우리 모두 죽음 가까이에 있나이다—
키잡이들은 크나큰 두려움에 맞설
아무 방책도 모르고, 또 이런 항해는
잘 알지도 못합니다— 하지만 저
강한 사내 텔은 키를 잡을 줄 알지요,   2240
이 곤경에서 그를 이용하심이 어떨지요?"
그러자 태수가 내게 말했소—"텔, 그대가
우리를 이 폭풍에서 벗어나도록 돕겠다면,
내 그대의 결박을 풀어주고 싶네."
내가 말했소. "예, 나리, 하나님의 도우심으로
감히 여기서 벗어나도록 힘을 써보지요."
그렇게 결박은 풀렸고, 나는 키를
잡고서 힘껏 앞으로 나아갔소.
하지만 내 활이 놓인 자리를 곁눈질하면서
건너뛰기 좋은 자리가 어딘지,   2250
날카롭게 호숫가를 살펴보았소,
호수 속으로 튀어나온 평평한

암벽 바위를 보고는—

어부

알아요, 그건 큰 악센의 발치에 있어,
하지만 가능하지 않을 건데— 하도 가파른
곳이라— 배에서 뛰어내려 닿기엔—

텔

하인들에게 힘껏 노를 저으라고 소리쳤소,
저기 평평한 바위 앞으로 갈 때까지,
거기가 가장 극복하기 힘든 곳이라고 외쳤지,
우리가 열심히 노 저어 그리로 다가갔을 때   2260
나는 하나님의 은총을 빌면서,
있는 힘을 다해 버티며
배의 고물이 암벽을 향하게 했소—
그러곤 재빨리 활과 화살을 집어 들고
몸을 날려 바위로 건너뛰었소,
내가 남긴 강력한 발길질에
작은 배는 도로 물구덩이로 밀려갔고—
이제는 파도 위에서 하나님 뜻대로 될 거요!
그렇게 나는 폭풍의 힘에서, 그리고 그보다
더 나쁜 인간의 힘에서 풀려나 여기로 온 거지.   2270

어부

텔, 텔, 주께서 분명한 기적을 당신에게

행하셨네, 내 감각을 믿지 못하겠소—
하지만 말해요! 이제 어디로 가려는지,
그야 태수가 살아서 이 폭풍을 벗어나면
당신에게 안전한 곳 어디도 없으니.

텔

아직 배에 묶여 있을 때, 놈이 말하는 소리
들었소, 브룬넨에서 배를 내려 슈비츠를
거쳐 자신의 성으로 나를 데려가겠노라고.

어부

그가 거기 상륙할까요?

텔

그럴 생각이던걸.

어부

        그렇담 지체 말고 숨어요,   2280
하나님도 놈의 손에서 다시 당신을 돕진 않을 테니.

텔

아르트와 퀴스나흐트로 가는 가장 빠른 길을 알려주오.

어부

큰길은 슈타이넨을 거쳐 가지만,
로베르츠를 지나는 더 짧고 은밀한
길로 저 아이가 안내해줄 겁니다.

텔 (그에게 손을 내밀며)

당신의 선행을 신께서 보상해주실 거요. 안녕히.

(가다가 돌아서서)

—당신도 뤼틀리에서 맹세하지 않았나요?

그들이 당신 이름을 말한 것 같은데—

어부

나도

거기 있었소. 함께 동맹의 맹세를 했지요.

텔

서둘러 뷔르클렌으로 가서 내게 좋은 일을 해주오.   2290

집사람이 내 걱정을 할 테니, 알려주시오,

내가 구원받아 잘 피신하고 있다고 말이오.

어부

당신이 어디로 도망쳤다고 말할까요?

텔

거기서 당신은 내 장인어른과 뤼틀리에서

맹세한 다른 사람들도 보게 될 겁니다.

그들은 용감해야 하고, 기분이 좋아져야 하죠,

텔은 **자유요**, 그의 팔은 강하니,

머지않아 소식을 더 듣게 될 거라고 하십시오.

어부

무슨 생각을 하는 거요? 내게 털어놓아요.

텔

행동이 이루어지면, 말도 따라올 겁니다. (퇴장)

어부

안내해드려라, 예니— 신께서 그와 함께하소서!
그가 무슨 일을 계획하든 목적을 이룰 것이다. (퇴장)

제 2 장

아팅하우젠 귀족 궁전

남작, 안락의자에 앉아 죽어가는 모습. 발터 퓌어스트, 슈타우파허, 멜히탈, 바움가르텐이 그의 주변에 서 있다. 발터 텔이 죽어가는 사람 앞에 무릎을 꿇고 있다.

발터 퓌어스트

이제 끝났소, 운명하셨어.

슈타우파허

죽은 사람 같진 않아 — 봐, 입술 위의
깃털이 움직이네! 그의 잠은 고요하고,
얼굴은 평화롭게 미소 짓고 있소.
(바움가르텐이 문으로 가서 누군가와 이야기한다)

발터 퓌어스트 (바움가르텐에게)

누구요?

바움가르텐 (돌아오며)

　　　따님이신 헤드비히 부인이오,

당신과 이야기하고 아들도 보고 싶다고요.

(발터 텔 몸을 일으킨다)

발터 퓌어스트

걔를 위로할 수 있을까? 나 자신은 위안을 얻을까?

모든 고통이 내 머리 위로 쌓이는 판인데?　　　　　2310

헤드비히 (들어오며)

내 아들 어디 있어요? 놔요, 애를 봐야겠어—

슈타우파허

정신을 가다듬고, 임종의 자리에 있음을 생각해요 —

헤드비히 (소년에게 덤벼들며)

우리 벨티! 살아 있구나.

발터 텔 (그녀에게 매달리며)

　　　　　가여운 어머니!

헤드비히

정말이지? 다치지 않은 거지?

(두려워하며 조심스럽게 살펴본다)

그게 가능한가? 그가 너를 겨누었다고?

어떻게 그럴 수 있지? 심장도 없는 거야— 자기

자식을 향해 화살을 날릴 수가 있다니!

발터 퓌어스트

두려워하며, 찢어지는 고통으로 그랬다,

억지로 한 것이야, 목숨이 달려 있었으니.

헤드비히

아비의 마음을 가졌던들, 그런 짓을   2320

하느니 천 번이라도 죽었을걸요.

슈타우파허

하느님의 자비로운 섭리를 찬양하십시오,

그렇게 잘 이끌어주셨으니—

헤드비히

사정이 달랐을

수도 있었다는 걸 제가 잊을까요— 하나님, 맙소사!

80년을 살아도— 나는 영원히 애가

묶여 있고, 아비가 애를 겨눈 것을 볼 텐데,

영원히 화살이 내 가슴으로 날아들 텐데.

멜히탈

부인, 태수가 그를 어떻게 자극했는지 아신다면!

헤드비히

오, 사내들의 거친 마음! 제 자존심이

모욕당하면 뵈는 게 없지,   2330

눈이 멀어, 분노한 게임 안으로 아이의

머리도 어미의 심장도 다 끌어들이지.

바움가르텐

남편의 운명이 충분히 가혹하지 않아서

부인이 무거운 질책으로 그를 욕하시나요?

그의 고통에 대해선 아무 느낌도 없으신가요?

헤드비히 (그에게로 몸을 돌려 눈을 부릅뜨고 그를 바라본다)

당신은 친구의 불행에 대해 눈물밖에 가진 게 없나요?

—그 뛰어난 사람이 묶였을 때 당신들은

어디 있었나요? 당신들의 도움은 **어디** 있었죠?

당신들은 바라보면서 그 끔찍한 일이 일어나도록

놔두고, 당신들 한가운데서 친구를 데려가도

참았단 말인가요— 텔도 여러분에게 그렇게

했나요? 당신 뒤에선 태수의 기병들이

쫓아오고, 앞에선 사나운 호수가

울부짖을 때 그도 생각에 잠겨

서 있었나요? 그는 한가한 눈물로 당신을 위해

탄식하지 않고 배로 뛰어들었죠, 아내도

자식도 다 잊고 당신을 구원했어요.

발터 퓌어스트

그의 구원을 위해 우리가 무얼 했겠느냐,

수도 적고 무장도 안 했는데.

헤드비히 (그의 가슴으로 뛰어들며)

오, 아버지! 아버지도 그를 잃었어요!

이 나라도, 우리도 모두 그를 잃은 거죠!

우리에겐 그가 없어요, 아! 그에겐 우리가 없고!

하나님, 그의 영혼을 절망에서 구하소서.

친구의 위안은 그를 찾아 성의 지하 감옥까지

내려가지 못하죠― 그가 병이라도 난다면!

아, 축축한 감옥 어둠 속에서 그는

병날 게 뻔해요― 알프스 들장미가

늪지에선 창백하게 시들듯,

태양의 빛과 대기의 향기가 없으면

그에겐 생명이 없는 거죠.   2360

잡혔다고! 그가! 그의 숨결은 자유인데,

그는 지하 감옥의 공기에선 살 수 없어요.

슈타우파허

진정해요. 우리 모두 그의 감옥을

열기 위해 행동할 겁니다.

헤드비히

그이 없이 **당신들은** 무슨 일을 할 수 있나요?

텔이 자유로운 한에는, 그래요, 희망이 있었죠,

무죄함은 친구를 찾아냈고,

쫓기는 자에겐 도와줄 사람이 있었어요,

텔은 여러분 모두를 도왔지만― 여러분 모두

힘을 합쳐도 **그의** 쇠사슬 풀지 못하죠!   2370

(남작이 깨어난다)

바움가르텐

그가 움직여요, 쉿!

아팅하우젠 (몸을 일으키며)

개는 어디 있나?

슈타우파허

누구요?

아팅하우젠

개가 없네,

마지막 순간에 나를 떠났구나!

슈타우파허

젊은 나리를 말하는 거요— 그에게 사람을 보냈나?

발터 퓌어스트

사람을 보냈어요— 안심하십시오!

그는 자기 마음을 도로 찾았어요, 우리 편입니다.

아팅하우젠

그가 조국의 편을 들어 말했다고?

슈타우파허

영웅의 용기로 그랬죠.

아팅하우젠

어째서 오지 않지?

내 마지막 축복을 받아야 하는데?

이제 곧 끝날 게 느껴지는데.

슈타우파허

아닙니다, 고귀한 어르신! 짧은 잠이   2380

기운을 회복시켜 눈빛이 밝으십니다.

아팅하우젠

고통은 생명이야, 그것마저 떠났으니

고통도 희망도 이젠 끝난 거지.

(소년을 보고)

이 애는 누군가?

발터 퓌어스트

축복해주십시오, 오, 어르신!

걔는 제 손자로 아비를 잃었습니다.

(헤드비히가 소년과 함께 죽어가는 사람 앞에 엎드린다)

아팅하우젠

나는 자네들 모두를 아비 없이 뒤에

남겨두네 ― 내 마지막 눈길이 조국의

멸망을 보았으니, 슬프구나!

모든 희망을 죽음으로 끌고 가려고

나는 삶의 최고 높이에 도달해야 했던가!   2390

슈타우파허 (발터 퓌어스트에게 방백)

그가 이런 어두운 근심을 품고 떠나셔야 하겠소?

희망의 아름다운 광채로 그의 마지막 시간을

밝혀드려야 하지 않겠소? —고귀하신 남작님!

정신을 추스르십시오! 우리는 완전히 버림받은 게

아닙니다, 구원도 없이 버려진 게 아니에요.

아팅하우젠

누가 자네들을 구하나?

발터 퓌어스트

우리 자신이죠. 들어보세요!

세 고을이 폭군들을

몰아내기로 약속했습니다.

동맹을 맺고, 거룩한 맹세로

결합했어요. 새해가 시작되기   2400

전에 행동할 것입니다,

어르신 유해는 자유의 땅에서 쉴 겁니다.

아팅하우젠

오, 말해보게! 동맹을 맺었다고?

멜히탈

세 숲고을은 모두 같은 날

궐기할 것입니다. 모든 게

준비되었고, 수백 명이 참가하고 있는데도

비밀은 지금까지 잘 지켜지고 있지요,

폭군들이 다스리는 땅은 텅 비었고,

그들이 지배할 날도 얼마 안 남았습니다.

곧 그들은 흔적도 찾을 수 없게 될 겁니다.　　　　　　　2410

아팅하우젠

하지만 나라 안의 견고한 성들은?

멜히탈

모두 같은 날 무너질 겁니다.

아팅하우젠

귀족들도 이 동맹에 참가하고 있나?

슈타우파허

필요해지면 그들의 원조를 고대합니다만,

현재는 평민들만 맹세하고 있지요.

아팅하우젠 (천천히 하늘을 향하고서 큰 놀라움으로)

평민들이 그런 행동을 감행했다면,

귀족의 도움도 없이 독자적으로,

민중이 자신의 힘을 그토록 믿는다면—

그래, 그렇다면 우린 없어도 되겠다,

안심하고 우린 무덤으로 내려갈 수 있겠어,　　　　　　2420

우리 **뒤에도** 민중은 살지— 인류의 위대함은

다른 힘으로 자신을 지탱하려 하는구나.

(그는 자기 앞에 무릎 꿇은 소년의 머리 위에 손을 올린다)

사과가 놓였던 이 머리에서

더 나은 새로운 자유가 푸르게 자랄 것이다,

낡은 것은 사라지고, 시대는 변하고 있으니,

새로운 삶이 폐허에서 피어날 것이다.

슈타우파허 (발터 퓌어스트에게 방백)

봐요, 그의 눈 주변으로 어떤 광채가 나오는지!

저것은 자연의 소멸이 아니라

새로운 생명의 빛줄기요.

아팅하우젠

귀족은 저의 낡은 성에서 내려와   2430

도시들을 향해 시민의 맹세를 하는구나,

위히틀란트와 **투르가우**에선 이미 시작되었다,

고귀한 **베른**은 그 지배하는 머리를 쳐들고,

프라이부르크는 자유민의 안전한 성이요,

활발한 **취리히**도 조합들을 무장시켜

군대로 만들고 있으니 — 왕들의

권력은 그들의 영원한 방벽에 부딪혀 무너지리라.

(다음의 말은 예언자의 어조로 말한다 — 그의 말은 점점 격앙되

어 열광에 이른다)

영주들과 귀족들이 갑옷을 입고

선량한 목축민을 공격하려고

다가오는 것이 보인다.   2440

생사를 건 싸움이 벌어지고,

높은 고갯길들은 피의 결전으로 장엄하다.

민중은 갑옷도 없이 맨 가슴으로 돌진하여

숲을 이룬 창(槍)들에 자발적으로 제물이 된다,
민중은 창 부대를 부수고, 귀족의 피가 흐르며
자유가 승리하여 그 깃발 들어 올린다.
(발터 퓌어스트와 슈타우파허의 손을 잡고서)
그러니 굳게 뭉쳐라 ― 굳세게 영원히 ―
자유의 땅은 타인에게도 이방이 되면 안 되지 ―
산봉우리에 보초를 세워라,
동맹이 동맹에 재빨리 합세하도록 ―   2450
하나가 되어라 ― 하나가 ― 하나가 ―
(그가 머리 뒤 쿠션으로 쓰러지고 ― 두 손은 힘을 잃고도 여전
히 다른 손들을 잡고 있다. 퓌어스트와 슈타우파허는 한동안 말
없이 그를 관찰하고는 물러나 각자 저만의 고통에 잠긴다. 그사
이 하인들이 고요히 들어와 있다가 조용한, 또는 격렬한 고통의
표지와 함께 가까이 다가선다. 몇 명은 그의 곁에 무릎을 꿇고
그의 손 위로 울음을 터뜨리고, 말 없는 이 장면이 계속되는 동
안 성에서 종이 울린다)
(루덴츠 등장)

루덴츠 (서둘러 들어오며)

살아 계신가? 오, 아직 내 말을 들을 수 있나?

발터 퓌어스트 (얼굴을 돌린 채 그를 가리키며)

이제 **당신이** 우리 영주님이자 보호자십니다.

이 성(城)은 이름이 달라지겠지요.[•]

루덴츠 (시신을 보고 극심한 고통에 사로잡혀 서 있다)

　오, 하나님! ―내 후회 너무 늦었나요?

　그분은 맥박 몇 번 뛸 만큼 더 오래 사시며

　내 변화된 마음 보실 수 없었나요?

　그분이 아직 빛 속을 거닐 때, 나는

　그 충실한 목소리 무시했지요― 이제

　그분은 영원히 떠나시고, 내겐 속죄하지 못한　　　　2460

　무거운 죄가 남았네― 오, 말씀해보오!

　그는 내게 언짢은 마음으로 가셨나요?

슈타우파허

　임종하실 때 당신이 한 일을 들으셨고,

　당신이 그렇게 말씀하신 그 용기를 축복하셨어요!

루덴츠 (죽은 사람 옆에 무릎을 굽히고)

　그래요, 진실한 사내의 거룩한 유해여!

　영혼이 빠져나간 시신! 여기 당신의

　차가운 손에 약속드립니다― 모든

　이방의 속박을 영원히 끊고

　내 민족의 편에 남겠습니다.

　나는 온 영혼을 다해 스위스 사람이요,　　　　　2470

　

　

● 루덴츠는 아팅하우젠의 직계 혈통이 아닌 사람으로 그의 유산을 물려받고 있다. 따라서 그동안 아팅하우젠성(城)이라 불리던 것이 이제 루덴츠의 성으로 바뀌게 된다.

앞으로도 그럴 것이니—

(일어서며)

　　　　　　　　친구이며 모두의

아버지를 위해 슬퍼하시오, 하나, 낙담하지는 마오!

그분의 유산만 내게 남겨진 게 아니요,

나는 그분의 마음, 그 정신도 물려받았으니,

내 싱싱한 젊음은 노령의 그가 여러분에게

빚지고 있던 일을 수행해야 합니다.

　—존경하는 아버지, 내게 당신 손을 주시오!

당신의 손도! 멜히탈, 당신도!

주저하지 말아요! 고개를 돌리지 말아요!

나의 맹세, 나의 약속 받아들여요.　　　　　　　2480

발터 퓌어스트

그에게 손을 내주어요. 다시 찾은 그 마음

믿을 수 있소.

멜히탈

　　　　　　나리는 지방민을 전혀 존중하지 않았지요.

말해봐요, 당신에게 가면 우린 누구 편이 되지요?

루덴츠

내 젊음의 오류를 생각하지 마시오.

슈타우파허 (멜히탈에게)

하나가 되어라! 아버지의 마지막 말씀이었소.

그분을 생각하시오!

멜히탈

여기 내 손이 있습니다!
귀족 나리, 농부의 악수도 사나이의
약속입니다! 우리가 없다면 기사는 무언가요?
그리고 농부가 기사 계층보다 더 오래되었소.

루덴츠

나는 농부를 존중하오. 내 칼이 농부를 보호해야지요.   2490

멜히탈

남작님, 냉혹한 땅을 굴복시키고
그 품에서 열매를 거두는 팔도
사나이 가슴을 지킬 수 있습니다.

루덴츠

당신은
나의 가슴을, 나는 **여러분의** 가슴을 지켜야지요,
우리는 그렇게 서로를 통해 강해집니다.
—하지만 조국이 이방의 폭정에 약탈당하는
판인데, 이런 이야기를 해서 무얼 하나요?
우선 이 땅에서 적을 몰아내 깨끗하게 만들고
평화가 오면 한번 견주어보십시다.

(한동안 멈추고 난 다음)

침묵하시기요? 내게 할 말이 없소? 어째서?   2500

나는 아직 여러분의 믿음을 얻지 못했나요?

그렇다면 여러분의 의지에 반해 내가

여러분 동맹의 비밀로 들어가야겠군.

―당신들은 민회를 열었지요― 뤼틀리에서 맹세했지―

나는 알아요, 여러분이 거기서 상의한 모든 걸,

그리고 내게 알려주지 않은 내용도

나는 거룩한 담보처럼 잘 간직했소.

나는 내 나라의 적이 된 적은 없소, 내 말 믿어요,

절대 여러분에 맞서는 행동은 하지 않았을 겁니다.

―하지만 거사를 미룬 건 여러분이 잘못한 거요,　　2510

시간은 촉박하고, 빠른 행동이 필요한데―

여러분이 지체한 탓에 벌써 텔이 희생되었소―

슈타우파허

우린 크리스마스 축제까지 기다리기로 맹세했소.

루덴츠

나는 그 자리에 없었고, 맹세도 하지 않았소,

여러분은 기다려요, 나는 행동할 테니.

멜히탈

　　　　　　　　　　　　무엇이? 당신은―

루덴츠

나는 스스로 이 땅의 원로 중 한 명이라 여깁니다,

내 첫째 의무는 여러분을 보호하는 것이오.

발터 퓌어스트

이 소중한 유해를 땅으로 보내는 일이

당신의 가장 급하고 거룩한 의무입니다.

루덴츠

우리가 이 땅을 자유롭게 하면, 우리는   2520

승리의 화환을 그의 관 위에 올려놓을 거요.

—오, 친구들! 폭군과 싸우는 건

당신들의 일만이 아니오, 나도 해결할

일이 있소— 들어보시오! 나의 베르타가

사라졌어요, 은밀히 도둑맞았소,

우리들 한복판에서 그런 악행이 행해졌소.

슈타우파허

자유로운 귀족에게도

폭군이 그런 악행을 감행하다니?

루덴츠

오, 친구들이여! 여러분께 나는 도움을 약속했소,

지금 내가 먼저 여러분에게 도움을 간청합니다.   2530

내 약혼녀가 도둑맞아 사라졌는데,

폭군이 그녀를 어디에 감추었는지 누가 알리오,

추악한 유대를 맺으려고 그녀의 마음에

어떤 뻔뻔스러운 폭력을 행할 건지!

나를 떠나지 마오, 오, 내가 그녀를 구하게 도와주오—

그녀는 여러분을 사랑합니다, 오, 모든 사람이 그녀를

위해 무장할 만큼 그녀는 나라를 위해 공헌했소―

발터 퓌어스트

뭘 하실 셈인가요?

루덴츠

난들 압니까? 아!

그녀의 운명을 암흑이 둘러쌌으니,

절망의 무시무시한 두려움 한가운데서,   2540

나는 확실한 것을 전혀 알 수 없는데,

단 한 가지만 내 영혼에 또렷합니다.

폭군의 권력이 무너져야만

그녀를 다시 구해낼 수 있다는 것,

아마도 그녀가 갇혀 있을 감옥으로 들어가려면,

모든 요새를 정복해야 한다는 것이죠.

멜히탈

갑시다, 우리를 지휘하시오. 당신을 따르겠소.

우리가 오늘 할 수 있는 일을, 왜 내일로 미루지요?

우리가 뤼틀리에서 맹세했을 때 텔은 자유였고,

그 무서운 일은 아직 일어나지 않았지요.   2550

시간은 다른 법칙을 가져오는 법이니,

비겁한 자만 아직도 기다리는 거지요!

루덴츠 (슈타우파허와 발터 퓌어스트에게)

그사이 무장하고 거사 준비를 하고서
산의 봉화가 오르기를 기다리십시오.
배보다 그쪽이 더 빠르니까,
우리 승리의 소식이 두 분께 닿거든,
기다리던 봉화가 타오르는 것을 보거든,
번갯불처럼 빠르게 적을 덮쳐서
폭군의 건축물을 무너뜨리시오.
(모두 퇴장)

제3장

퀴스나흐트 근처의 움푹 팬 길*

배경으로부터 암벽들 사이로 내려오는 나그네는 무대에 등장
하기 전에 꼭대기에서 벌써 모습이 보인다. 암벽들이 전체 무대
를 둘러싸고 있는데, 무대의 가장 앞쪽에 있는 암벽 위에는 관
목 숲으로 덮인 돌출부가 있다.

텔 (석궁을 들고 등장)

* 사람들이 오래 이용하거나 물이 흘러 주변보다 깊이 팬 길을 뜻한다.

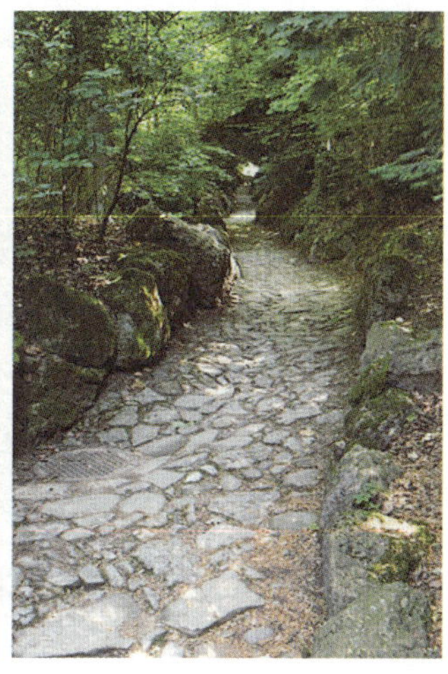

퀴스나흐트로 가는 길의 오늘날 모습.

그는 이 움푹 팬 길을 통과해야 한다.   2560
퀴스나흐트로 가는 다른 길은 없으니— 여기서
해야겠군— 기회가 좋구나.
저기 관목 덤불이 나를 가려줄 테고,
저기서 내 화살은 놈에게 가서 닿겠구나,
길이 비좁으니 뒤따르는 자들을 막아준다.
하늘과의 계산을 끝내라, 태수야,
너는 가야 하거든, 네 시간이 다 됐으니.

나는 조용히, 해롭지 않게 살았다 ― 활쏘기는

오로지 숲의 짐승들만을 향한 것,

내 생각은 살인과는 무관했지 ―   2570

네가 나의 평화에서 나를 밖으로

끌어낸 거지, 경건한 사고방식의 젖줄을

네가 끓어오르는 맹독으로 바꾸었다.

너는 내가 무시무시한 일에 익숙해지게 했어.

자식의 머리를 겨눈 자는

원수의 심장도 맞출 수 있는 법.

가여운 아이들, 죄 없는 그것들과

충실한 아내를 나는 너의 분노에서

지켜야 해, 태수야 ― 내가 거기서 활줄을

당겼을 때 ― 내 손이 떨릴 때 ―   2580

네가 잔인한 악마의 쾌감을 느끼며

자식의 머리를 겨누라고 내게 강요했을 때,

네 앞에서 정신없이 간구할 때,

나는 속으로 무시무시한 맹세를

했다, 오직 하나님만 들으셨지만,

나의 **다음번** 활쏘기의 **첫** 과녁은

네 심장이 될 거라고 ― 내가

그 지옥과 같은 고통의 순간에 맹세한 것은

거룩한 빚, 나 그 빚을 갚으려 한다.

너는 내 주인인 황제의 태수,　　　　　　　　　　　　　　　2590
하지만 황제라 해도 **네가** 한 짓을 스스로는
행하지 않았을 것이다. 정의를 선포하라고 그는 너를
이 땅에 보냈다, 엄격한 정의를, 그는 화를 잘 내니까,
살인의 쾌락으로 온갖 끔찍한 일을 벌도
받지 않고 행하라고 보낸 것이 아니었다,
벌주고 복수하는 신이 살아 계신다.

이리로 나오너라, 너 쓰라린 고통을 가져오는 물건,
지금은 내 소중한 보석, 내 가장 귀한 보물아—
네게 표적을 주겠다, 지금까지 경건한 소망에는
뚫고 들어올 수 없었던 표적을—　　　　　　　　　　　　2600
그렇다고 그 표적이 네게 역겨워선 안 되지, 그리고
너 믿음직한 활줄아, 내가 기쁨의 놀이를 할 때
그토록 자주 내게 충실하게 봉사한 너,
지금 가장 진지한 순간에 나를 저버리지 마라.
너 소중한 활대야, 가혹한 화살에 날개를 달아준
너, 지금 더욱 단단히 버텨라,
지금 화살이 내 손에서 힘없이 벗어난다면,
내게 남은 화살이 없으니까.

(나그네들이 장면을 지나간다)

나그네에게 짧은 휴식을 주는

이 돌 벤치에 앉아야겠다,   2610

이곳은 누구의 고향도 아니지 — 누구나

재빨리 낯설게 남을 지나쳐 가면서,

그의 고통에 대해선 묻지 않아 — 여기선

조심스러운 상인과 가벼운 옷차림의

순례자가 지나가지 — 경건한 수도사,

섬뜩한 강도와 명랑한 악사,

무거운 짐을 실은 짐말 끄는 마부들이

멀리 있는 나라에서 오는 길이다,

모든 길은 세상의 끝으로 연결되니까.

그들 모두 제 볼 일을 따라 제 길을   2620

간다 — 그리고 내 볼 일은 살인! (앉는다)

보통은 아버지가 외출하면 사랑하는 아이들아,

그건 기쁨이었지, 그가 돌아올 때면 빈손으로

온 적이 없으니, 무엇이든 너희에게 가져다주었지,

예쁜 알프스 꽃이든, 진귀한 새든,

아니면 암몬조개 화석이든,

나그네가 산에서 찾아낼 수 있는 것을 —

이제 그는 다른 사냥감을 쫓고 있단다,
인적 드문 길에서 살인의 생각을 품고 있으니,
그가 노리는 건 원수의 목숨이란다.   2630
—하지만 오직 **너희들** 생각뿐이야, 사랑하는 아이들아,
지금도— 너희를, 너희 소중한 천진함을
폭군의 복수에서 보호할 생각에서 아버지는
여기서 살인을 위해 활줄을 당기려 한다! (일어선다)
나는 귀한 사냥감을 기다린다— 사냥꾼은
짜증 내지 않는다, 겨울철 혹독한 추위 속에
며칠이나 돌아다니며
바위에서 바위로 대담하게 건너뛰고,
매끄러운 암벽에 꽉 달라붙어
제 피를 흘리면서,   2640
별것 아닌 알프스 영양을 사냥하지,
지금은 더욱 값진 보상이 여기 있으니,
나를 망치려 하는 불구대천 원수의 심장이다.
(멀리서 명랑한 음악 소리가 들리더니 차츰 가까워진다)

평생 나는 활을 만졌다,
사수의 규칙대로 연습하고,
자주 흑점을 맞추어 즐거운 사격의
멋진 상(賞)들을 집으로 가져왔다.

하지만 오늘 나는 **대가의 사격을**

해서 이 산악 지역 전체에서

최고의 상을 얻으려는 것이다.   2650

(결혼식 행렬이 무대를 지나 움푹 팬 길을 통해 위로 올라간다.

텔이 활에 기댄 채 그 행렬을 바라보는데, 경지 감시인 슈튀시

가 그의 옆에 앉는다)

슈튀시

여기 결혼식을 하는 사람은 뫼를리샤헨의

수도원 관리인이죠ㅡ 부유한 사람이오,

알프스 방목장에 소 떼가 열 개는 될걸요.

그는 지금 이미제로 신부를 마중 나왔는데,

오늘 밤은 퀴스나흐트에서 큰 잔치를 연답니다.

같이 갑시다! 정직한 사람은 모두 초대받았어요.

텔

진지한 손님은 결혼식엔 안 어울리죠.

슈튀시

근심이 억누르면, 얼른 가슴에서 털어내고,

오는 것을 받아들여요, 지금은 어려운 시기요.

그러니 사람은 가볍게 기쁨을 붙잡아야지요.   2660

여기선 결혼, 저기선 매장, 이런 식이니까.

텔

한 가지에 뒤이어 곧바로 다른 것이 오기도 하지요.˙

슈튀시

세상은 늘 그렇지. 불행은 어디나

충분하니— 글라루스에선

산사태가 일어나 글래르니슈산의

한 면 전체가 무너졌다오.

텔

                                산들도

흔들린단 말인가? 지상에 견고한 게 없네.

슈튀시

다른 곳에서도 이상한 일이 있었답니다.

바덴에서 온 사람과 이야기를 나누었는데,

어떤 기사가 말을 타고 임금께 가려 했다오,   2670

도중에 말벌 떼를 만났는데,

말벌들이 그의 말에게로 덤벼들어

말은 고통 끝에 쓰러져 죽고,

그는 걸어서 왕에게로 갔다고 하네요.

텔

약자에게도 저만의 가시가 있으니까요.

(아름가르트가 아이들 여러 명을 데리고 와서, 움푹 팬 길 입구

에 선다)

  • 결혼식의 행렬에 바로 뒤이어 죽음의 행렬이 나타날 수도 있음을 예고한다.

슈튀시

사람들은 그걸 이 땅의 큰 불행으로,

자연을 거스른 무서운 행동들의 예고로 여기던걸요.

텔

그런 행동들이 매일 일어나고 있질 않소,

그런 걸 알려주기 위해 기적의 표지도 필요 없지요.

슈튀시

그래요, 집에서 자기 밭이나 평화롭게 갈면서   2680

식구들과 함께 해를 입지 않는 사람이 복이지요.

텔

가장 경건한 사람도 평화로울 수는 없다오,

고약한 이웃이 그걸 좋아하지 않는다면 말이오.

(텔은 자주 불안한 기다림으로 길의 높은 곳을 바라본다)

슈튀시

그렇긴 하죠— 여기서 누굴 기다리시오?

텔

그렇소.

슈튀시

가족들에게 무사히 귀향하십시오!

—당신은 우리(Uri) 사람인가요? 우리 태수님도

오늘 거기서 오실 겁니다.

나그네 (온다)

태수님은 못 오실 거요. 큰비로

물이 불어나고

폭풍이 다리를 모조리 끊었다오. (텔, 일어선다)   2690

아름가르트 (앞으로 나선다)

태수님이 못 온다고요!

슈튀시

그에게 볼일이 있소?

아름가르트

그럼요!

슈튀시

어째서 이 움푹 팬 길에서

그의 앞을 가로막는 겁니까?

아름가르트

여기선 그가 나를 피하지 못하니, 내 말을 들어야죠.

프리스하르트 (서둘러 깊이 팬 길을 내려와 무대를 향해 외친다)

길을 비키시오— 나의 주인 태수 나리께서

내 뒤로 말 타고 오십니다.

(텔, 퇴장)

아름가르트 (생기 있게)

태수님이 오신다!

(그녀는 아이들과 함께 무대 앞쪽으로 간다. 게슬러와 루돌프

데어 하라스가 말을 탄 모습으로 움푹 팬 길에 나타난다)

슈튀시 (프리스하르트에게)

어떻게 물을 건넜소,

폭풍에 다리가 끊겼다는데!

프리스하르트

호수와 한 판 싸웠지요, 친구여,

우린 알프스의 어떤 물도 두려워하지 않았소.　　　　　　2700

슈튀시

이 폭풍에 배를 탔다고요?

프리스하르트

그렇소. 내 평생 그 생각을—

슈튀시

오, 멈춰요, 이야기해줘요!

프리스하르트

날 좀 버려두오, 난 가봐야 해,

성에 가서 태수님이 오신다고 알려야 해요. (퇴장)

슈튀시

착한 사람들이 배에 타고 있었다면,

사람도 쥐도 다 빠져버렸을 텐데,

물이든 불이든 민중 **편은** 아니거든.

(사방을 둘러본다)

나랑 얘기하던 그 사냥꾼은 어디 갔지? (퇴장)

(게슬러와 루돌프 데어 하라스 말 타고 등장)

게슬러

무슨 생각인지 말해보게, 나는 황제의 종이니

그분 마음에 들 방도를 생각해야 하거든.　　　　　2710

내가 민중에게 아부하며 부드럽게 대하라고

황제가 나를 이곳에 파견한 게 아니다— 복종을

기대하지, 이건 이 땅에서 농부가 주인이냐,

아니면 황제가 주인이냐, 하는 싸움이야.

아름가르트

지금이 기회다! 지금 말해야 한다.

(두려워하며 접근한다)

게슬러

장난삼아 또는 민중의 마음을 시험하려고

알트도르프에 모자를 매달아놓은 게 아니야,

그들 마음이야 내가 이미 아니까.

그것들이 꼿꼿이 쳐들고 다니는 머리를

내 앞에서 숙이는 법을 배우라고 달아놓은 거지.　　2720

그들이 지나다니지 않을 수 없는 길에다

그 **불편한 것**을 심어놓은 것이야,

놈들의 눈길이 거기 닿도록, 그러면 그들이

잊고 있는 주인을 기억하도록 말이다.

루돌프 데어 하라스

민중도 권리를 갖지요—

게슬러

지금은 그런 걸 헤아릴 때가 아니다!
─멀리 내다보는 큰일이 현재 진행 중이거든,
황제 집안은 더 커지려고 한다, 아버지가
영광스럽게 시작한 일을 아들이 완성하려는 거야.
이 작은 민족은 우리에겐 길 위의 돌멩이지─
어떻게든─ 그걸 치워야 한다.

(그들은 지나가려 한다. 여인이 태수 앞에 몸을 던진다)

아름가르트

자비를, 태수 나리! 은총을! 은총을 베푸소서!

게슬러

무슨 일로 길에서 내 앞을 막는 건가─
물러나시오!

아름가르트

　　　　　제 남편이 감옥에 있습니다요,
불쌍한 고아들이 빵을 달라고 울부짖어요─ 지엄하신
나리, 우리의 큰 불행을 동정해주세요.

루돌프 데어 하라스

그대는 누구요? 그대 남편은 누구고?

아름가르트

　　　　　　　　　　리기산에서
건초 만드는 가련한 일꾼*입니다, 선량한 나리,

소들도 풀을 뜯을 수 없는 가파른

심연 위에서 멋대로 자란   2740

풀을 베는 일꾼이지요.

루돌프 데어 하라스 (태수에게)

맙소사, 비참하고 불쌍한 인생입죠!

제발, 그 불쌍한 사람을 풀어주십시오,

그가 아무리 무거운 죄를 지었다고 해도

그 끔찍한 직업으로 충분히 벌을 받는 거니까요.

(아낙네에게)

정의가 내려질 것이오 — 저 성에서

청원하시오 — 여긴 그럴 장소가 아니오.

아름가르트

아니, 안 됩니다. 나리께서 남편을

돌려줄 때까지 이 자리에서 비키지 않겠어요!

그는 벌써 여섯 달이나 탑에 갇혀서 판관의   2750

선고를 기다리지만, 소용이 없어요.

게슬러

여인이여, 내게 폭력을 행사하려고, 비켜라.

아름가르트

• 쇼이히처의 기록에 따르면 "이들은 목초지도 알프스 방목장도 갖지 못한 가난한 사
  람들로서, 몇 안 되는 가축을 먹이려고 (……) 땅 주인이 가축을 몰아가지 못하는
  몹시 가파른 지역에서 풀을 베고 야생 열매를 모은다."

정의를, 태수님! 당신은 이 땅에서

황제와 하나님을 대리하는 판관이죠.

의무를 행하세요! 당신이 하늘의 정의를

바란다면, 우리에게 먼저 보여주세요.

게슬러

가라, 이 뻔뻔한 종족을 내 눈앞에서 치워라.

아름가르트 (말의 고삐를 쥐고서)

아니, 아니죠, 나는 이제 더 잃을 것도 없어.

―내게 정의를 말하기 전에는, 태수님, 여기서

벗어날 수 없소― 이마를 찌푸리고   2760

눈알을 굴려보라지― 우린 끝도 없이

불행해서 이제 당신의 노여움 따위

상관도 없으니―

게슬러

　　　　　　여인이여, 비켜라,

아니면 내 말이 네 위로 지나갈 것이다.

아름가르트

내 위로 지나가보시지― 자―

(그녀는 아이들을 바닥으로 끌어당겨 그들과 함께 누워 그의

길을 가로막는다)

　　　　　　　　나 여기 누워 있어,

내 자식들도 함께― 이 가련한 고아들을

그 말발굽으로 짓밟아보아라,

그게 네가 행한 가장 나쁜 짓도 아니지—

루돌프 데어 하라스

여인이여, 미쳤소?

아름가르트 (더 격하게 계속한다)

이미 오래전에 너는

황제의 땅을 발로 짓밟지 않았나!   2770

—나는 그냥 여자일 뿐! 내가 사내라면

여기 먼지 구덩이에 누워 있는 것보단 더 나은

방법을 알았겠지만—

(앞의 음악 소리가 좀 약해진 채 길의 위쪽에서 들린다)

게슬러

하인들은 어디 있느냐?

이년을 여기서 끌어내라, 아니면 나는 자신을

잊고 후회할 일을 하게 생겼다.

루돌프 데어 하라스

하인들은 저기를 통과할 수 없습니다, 나리,

홈이 팬 길이 결혼식으로 막혔어요.

게슬러

이 종족에게 난 아직도 너무 온건한

지배자인 거지— 아직 혓바닥이 멋대로니,

여전히 제대로 길들지 않은 거지—   2780

하지만 달라질 거다, 맹세코,

이 고집스러운 생각을 꺾어버리고,

뻔뻔한 자유의 정신을 구부리고야 말겠어.

이 나라에 새로운 법을 선포하겠다―

나는 포고할 셈이니―

(화살 하나가 그를 꿰뚫는다. 그는 손을 가슴에 대고 쓰러질 듯,

약한 목소리로)

하나님 제게 은총을!

루돌프 데어 하라스

태수 나리― 이게 대체 무슨 일이냐? 그게 어디서 왔지?

아름가르트 (벌떡 일어나며)

살인이다! 살인! 그가 비틀거린다, 쓰러지네! 맞았다!

화살이 그의 심장 한복판에 맞았다!

루돌프 데어 하라스 (말에서 뛰어내리며)

이 무슨 끔찍한 일인가― 하나님― 기사 나리―

하나님의 자비를 구하세요― 당신은   2790

죽을 겁니다―

게슬러

이건 텔이 쏜 것이다.

(말에서 루돌프 하라스의 품으로 미끄러져 벤치에 눕혀진다)

텔 (암벽 위에 나타난다)

너는 사수를 알고 있으니, 다른 사람을 찾지는 마라!

오두막집들은 자유고, 천진함은 네게선

안전하다, 너는 이 땅에 해를 입히지 못해.

슈튀시 (맨 앞에서)

여기 무슨 일이오? 무슨 일이 일어났소?

아름가르트

태수가 화살에 맞았어요.

민중 (몰려 들어오며)

누가 맞았다고?

(결혼식 행렬의 맨 앞에 선 사람들이 무대로 등장하는 동안 뒤

에 오는 사람들이 언덕에 나타나고, 계속 음악이 울린다)

루돌프 데어 하라스

그가 피를 흘린다.

저리 가요, 도와줘! 살인자를 쫓아라!

─끝장난 사람, 이렇게 당신도 끝나는구나,

내 경고를 들으려고도 않더니!　　　　　　　　　2800

슈튀시

맙소사! 저기 그가 창백하게 누워 생명이 없네!

여러 목소리들

누가 그런 일을 했나?

루돌프 데어 하라스

사람들이 미쳤나,

살인이 났는데 음악 연주를? 조용히 좀 하시오.

(갑자기 음악이 멎는다. 더 많은 민중이 온다)

태수님, 할 수 있으면 말씀하시오— 더는

내게 털어놓을 게 없나요?

(게슬러가 손짓하고, 얼른 이해하지 못하자 격하게 반복한다)

어디로 가라고요?

—퀴스나흐트로? —이해 못 하겠소— 오, 초조해하지

마십시오— 지상의 일은 놓아두시고,

하늘과 화해할 생각을 하십시오.

(결혼식 행렬의 모든 사람이 감정 없는 두려움으로 죽어가는

사람을 둘러서 있다)

슈튀시

그가 창백해지네— 이제, 이제 죽음이 그의

심장에 닿았다— 눈이 풀어진다.　　　　2810

아름가르트 (아이 하나를 번쩍 들어 올리고)

봐라, 애들아, 폭군이 세상 떠나는 모습을!

루돌프 데어 하라스

미친 여편네들, 감정이 그리 없어

이 끔찍한 일을 보며 즐긴단 말이냐?

도와주오— 손을 빌려줘— 그의 가슴에서

고통의 화살을 빼줄 사람도 없단 말인가?

여인들 (물러서며)

하나님이 치신 자를 우리더러 건드리라고!

루돌프 데어 하라스

저주와 욕이나 받아라!

(칼을 빼 든다)

슈튀시 (그의 팔로 덤벼들며)

해보시지, 나리!

당신들의 지배는 끝이야. 이 나라의 폭군이

쓰러졌다. 우리는 그 어떤 폭력도

참지 않겠다. 우린 자유인이다.   2820

모두 (떠들썩하게)

이 나라는 자유다.

루돌프 데어 하라스

이제 끝났나?

공포와 복종은 그리도 빨리 끝나는가?

(밀려 들어온 병졸들에게)

여기서 일어난 끔찍한 살인의 행동을

너희는 보았다— 도움도 헛일이고—

살인자를 뒤쫓아도 헛일이다.

다른 근심이 우리를 억누르니— 어서, 퀴스나흐트로,

황제를 위해 요새를 구하자!

이 순간 모든 질서와 의무의

유대가 끊겼으니, 어떤 사내의

충성심도 믿을 수가 없다.   2830

(그가 병졸들과 함께 퇴장하는 동안 자비의 수사들* 여섯 명이
나타난다)

아름가르트

비켜요! 비켜! 자비의 수사님들이 오네.

슈튀시

제물이 쓰러져 있으니— 까마귀들이 내려온다.

자비의 수사들

(죽은 사람 주위로 반원을 그리고 서서 깊은 목소리로 노래한다)

죽음은 재빨리 인간을 덮쳐,

단 한 순간도 주지 않네,

길 한복판에 쓰러뜨리고,

생명에 넘친 사람을 데려가나니,

갈 준비야 되었든 말든,

인간은 심판관 앞에 서야 하리!

(마지막 구절이 반복되는 동안 막이 내려온다)

* 요한 수도회의 수사들로 환자나 길에서 죽은 자들을 보살핀다. 검은 수도복을 입
  고 죽은 자의 주변에 나타나므로 사람들은 그들을 까마귀라고 불렀다.

220

페르디난트 호들러, 〈빌헬름 텔〉(1897).

제5막

제1장

<u>알트도르프 광장</u>

배경에서 오른쪽에는 제1막 제3장에서와 같은 모습으로 건축
용 비계들이 세워진 츠빙 우리 요새. 왼쪽에는 산들의 모습, 봉
우리마다 봉화가 타오른다. 이제 동트는 시간, 가깝고 먼 여러
곳에서 종들이 울리는 소리.

루오디, 쿠오니, 베르니, 석수 장인과 다른 지방민들, 여인들과
아이들.

루오디

산마다 올라가는 봉화가 보이나?

석수 장인

저 숲 너머로 울리는 종소리가 들리나?　　　　　2840

루오디

적들이 쫓겨난다.

석수 장인

성들이 점령되었어.

루오디

그런데 우리(Uri) 땅에선 아직도

폭군의 요새를 참아야 하나?

우리가 자유를 선포할 마지막 사람들인가?

석수 장인

우리를 얽어매는 **족쇄**가 아직도 서 있어야 하나?

가자, 부수자!

모두

부숴라! 부숴라! 부숴라!

루오디

우리(Uri)의 피리 부는 사람 어딨소?

우리의 피리 부는 사람

여깄소. 무얼 할까요?

루오디

저 높은 초소로 올라가 피리를 불어요,

그 소리 산속으로 널리 울려 퍼지게,

암벽 골짜기마다 메아리가 일어나   2850

산악 지대 사내들이 얼른

모여들도록.

(피리 부는 사람 퇴장. 발터 퓌어스트 온다)

발터 퓌어스트

잠깐, 친구들, 멈추시오!

운터발덴과 슈비츠에서 무슨 일이 있었는지

아직 소식이 없소. 우선 심부름꾼을 기다려

봅시다.

루오디

　　　무얼 기다려요? 폭군은 죽고,

자유의 날이 밝았는데.

석수 장인

사방 모든 산 위로 타오르는

이 봉화만으로 충분치 않은가요?

루오디

모두 갑시다, 모두 손을 빌려주오, 남자도 여자도!

건물을 부숩시다! 아치를 깨뜨려요, 성벽을　　　　2860

허물자! 돌 위에 돌 하나 남지 않도록.

석수 장인

동지들, 갑시다! 우리가 세웠으니,

부술 줄도 알지.

모두

　　　　갑시다! 부수어라.

(그들은 사방에서 건물로 덤벼든다)

발터 퓌어스트

이미 시작되었네, 나는 저들을 말릴 수가 없구나.

(멜히탈과 바움가르텐 온다)

멜히탈

무엇이? 요새가 아직도 서 있는가, 자르넨과

로스베르크성은 부서져 재가 되었는데?

발터 퓌어스트

당신이오, 멜히탈? 우리에게 자유를 가져오셨소?

말해요! 이 땅들이 적을 소탕했는가?

멜히탈 (그를 포옹하며)

땅은 깨끗합니다. 기뻐하십시오, 어르신!

우리가 이야기하는 이 순간   2870

스위스 땅에 폭군은 이제 없어요.

발터 퓌어스트

오, 말해요, 어떻게 성들을 장악했나?

멜히탈

자르넨성은 루덴츠가

사내다운 대담한 행동으로 얻었지요.

─로스베르크는 내가 전날 밤에 벌써 올라갔고요.

─하지만 무슨 일이 있었는지 들어봐요. 우리는

원수의 성(城)을 소탕하곤 기뻐하며 불을 질렀는데,

불꽃이 벌써 탁탁거리며 하늘로 솟아올랐는데,

게슬러의 사동 디트헬름이 달려 나오더니

브루네크 양이 불타 죽는다고 외치는 겁니다.   2880

발터 퓌어스트

정의의 하나님!

(건물의 발코니가 무너지는 소리가 울린다)

멜히탈

그분이었어요, 태수의
명에 따라 그분이 여기 갇혀 있었던 거죠.
루덴츠가 미친 듯이 일어섰고― 발코니와
견고한 기둥들이 무너지는 소리가 들리는데,
연기 속에서 그 불행한 여성의 외침 소리가
나왔지요.

발터 퓌어스트

그분은 구원되었소?

멜히탈

신속함과 결단력이 필요했죠.
―그가 **단지** 우리의 귀족일 뿐이었다면
우린 목숨을 아꼈겠지만,
그는 우리의 맹세 동지였고, 베르타는   2890
우리 민족을 존중하니― 우린 확신에 차서
목숨을 걸고 불 속으로 뛰어들었지요.

발터 퓌어스트

그 여자는 구조되었지요?

멜히탈

그렇습니다. 루덴츠와 저,
우리 둘이 그분을 불꽃에서 건져냈고,
우리 뒤에서 들보가 무너져 내렸지요.

그분은 자기가 구원된 것을 알았을 때

하늘을 향해 눈을 들어 올렸고,

그러자 남작이 내 가슴으로 달려들어

말없이 동맹의 맹세가 이루어졌습니다,

이글이글 타는 불에 단련되어 온갖   2900

운명의 시련도 견디고 이겨낼 맹세죠.

발터 퓌어스트

란덴베르크는 어디 있소?

멜히탈

　　　　　　　브뤼니히 재 너머에 있어요.

내 아버지의 눈을 멀게 한 자가, 자기 시력을

보존한 채 그리로 간 건 내 덕은 아닙니다.

나는 그자를 쫓아가서 도망치는 놈을 붙잡아다가

내 아버지의 발치에 내동댕이쳤습니다.

그의 몸 위로 칼이 떨어지려는 찰나,

놈이 눈먼 노인의 자비심에 빌고 빌어서

목숨을 선물로 얻었지요. 다시는 돌아오지

않겠노라고 **복수 단념의 맹세**를 했으니,   2910

그걸 지킬 겁니다, 우리 팔의 힘을

느꼈으니까요.

발터 퓌어스트

　　　　　깨끗한 승리를 피로 더럽히지

않았으니, 잘하셨소!

아이들 (건물의 잔해를 들고 무대 위로 달려오며)

자유다! 자유!

(우리(Uri)의 뿔 나팔 소리가 우렁차게 울린다)

발터 퓌어스트

보시오, 굉장한 축제네! 저 아이들은 뒷날

노인이 되어서도 이날을 기억하겠구나.

(소녀들이 장대에 모자 매단 것을 가져온다. 무대 전체가 민중

으로 가득 찬다)

루오디

우리가 고개를 숙여야 했던 모자가 여기 있네.

바움가르텐

이걸 어찌할지 알려주시오.

발터 퓌어스트

하나님! 내 손자가 이 모자 앞에 서 있었지!

여러 목소리

폭군의 기념비를 없애라!

불 속에 넣어라!

발터 퓌어스트

아니오, 그걸 보존합시다!   2920

이것은 폭정의 도구로 쓰였으니,

자유의 영원한 상징이 되어야 합니다!

(지방민들, 남자들, 여자들, 아이들이 무너진 건물의 발코니에

앉거나 서서 커다란 반원을 이루어 그림 같은 무리가 된다)

멜히탈

이제 우리는 폭정의 폐허 위에 즐겁게

서 있으니, 우리가 뤼틀리에서 맹세한 것은

훌륭하게 성취되었소, 맹세의 동지들이여.

발터 퓌어스트

일은 이제 시작된 거지, 완성된 게 아니오.

지금 우리는 용기와 확고한 결단이 필요합니다,

왕이 지체하지 않고 자기 태수의

죽음에 복수하고, 쫓겨난 자를

힘으로 복귀시키려 할 게 분명합니다.   2930

멜히탈

왕이 군대를 끌고 올 테면 오라지,

안에 있는 적을 쫓아냈으니,

밖에서 오는 적을 우리는 막아낼 겁니다.

루오디

이 나라로 들어오려면 극소수의 고갯길뿐이니,

우리는 몸으로 그 길들을 지킬 겁니다.

바움가르텐

우리는 영원한 결속으로 하나가 되었으니,

왕의 군대도 우리를 두렵게는 못 할 겁니다.

(뢰셀만과 슈타우파허 등장)

뢰셀만 (들어오면서)

하늘의 무시무시한 심판입니다.

사람들

무슨 일입니까?

뢰셀만

우린 대체 어떤 시대에 살고 있나!

발터 퓌어스트

말해주오, 무슨 일인지? 아, 당신이오, 슈타우파허씨?　　　2940
무슨 소식이오?

사람들

무슨 일인가요?

뢰셀만

듣고 놀라시오.

슈타우파허

큰 두려움에서 우린 해방되었소—

뢰셀만

황제가 살해되었소.*

발터 퓌어스트

---

* 실제 알프레히트 1세(1255~1308)의 피살은 스위스인들이 총궐기하고 약 반년 뒤
에 일어났다.

자비의 하나님!

(지방민들이 벌떡 일어나 슈타우파허를 둘러싼다)

모두

살해라고! 무엇이! 황제가! 들어라! 황제가!

멜히탈

그럴 리가! 이 소식이 어디서 왔나요?

슈타우파허

확실합니다. 알프레히트 왕이 브루크 근처에서

살인자의 손에 쓰러졌답니다— 믿을 만한 사람

요한네스 뮐러*가 샤프하우젠에서 이 소식을 가져왔소.

발터 퓌어스트

누가 감히 그런 끔찍한 일을 했나요?

슈타우파허

살인자로 인해 사건이 더욱 끔찍해지지요.   2950

왕의 조카, 동생의 아들인 요한 폰

슈바벤 공작이 그런 일을 했다오.

멜히탈

무엇 때문에 그는 부친 살해를 범했나요?

슈타우파허

* 실러는 이 역사가의 이름을 불러서 그에게 감사와 경의를 표하고 있다. 실러는 뮐러의 작품에서 세부 내용을 많이 얻었다.

234

황제*는 초조하게 재촉하는 조카에게

그 부친의 유산을 안 주고 버텼지요,

그에게 주교 직분을 내주고는

유산을 빼앗을 생각이었다고 해요.

그 사정이야 어떻든— 젊은이는 군사적

친구들의 나쁜 충고에 귀를 기울이고는

에셴바흐 나리, **테거펠덴** 나리,

바르트와 **팔름**의 귀족 나리들과 힘을 합쳐,

정의를 찾아낼 수 없으니 자기 손으로

복수하겠노라고 결정한 겁니다.

발터 퓌어스트

그래서 그 끔찍한 일은 어떻게 이루어졌소?

슈타우파허

왕은 말 타고 슈타인**에서 바덴으로 내려갔소,

궁성이 있는 라인펠트***로 가는 길이었는데,

그와 함께 **한스** 공과 **레오폴트****공, 그리고

높으신 귀족 나리들이 수행했다오.

그들이 **로이스**강에 당도해 배를

- 여기서 황제와 왕이라는 말이 함께 쓰이는데, 둘 모두 맞는 표현이다.
- •• 슈타인은 스위스 아르가우주 바덴(Baden) 근처의 요새.
- ••• 오늘날의 라인펠덴.
- •••• 한스는 요한네스(요한) 폰 슈바벤, 레오폴트는 알프레히트 1세의 아들.

타고 강을 건너려는데,   2970

살인자들이 배로 뛰어들어

황제를 시종들과 갈라놓았어요.

이어서[배에서 내려] 왕이 경작된 들판을 말 타고

달려갈 때― 그 아래엔 이교 시대에

큰 도시•가 있었다고들 하지요―

그의 귀족 혈통이 유래한 곳,

옛날 합스부르크 요새••가 멀리 보이는데―

한스 공작이 왕의 목에 단도를 찔러 넣고

루돌프 폰 팔름이 창으로 그를 꿰뚫고

에셴바흐가 그의 머리를 쪼개니,   2980

왕은 자기 피를 뒤집어쓰고 쓰러져

자기 **땅에서** 자기 혈족에게 살해당한 겁니다.

강 건너편에서 사람들은 그 꼴을 보았으나

강물이 갈라놓고 있으니,

속수무책 탄식이나 할 밖에요.

하지만 길가에 가난한 여인 하나가 앉아 있었고,

황제는 그녀의 품에서 숨을 거두었다 하오.

멜히탈

• 옛날 로마 제국이 게르만 사람들에 맞서 세운 국경 지대의 방어용 도시 빈도니사 (Vindonissa). 곧 빈디슈(Windisch)의 유적지다.

•• 스위스의 아르가우주에 있다.

그렇게 만족할 줄 모르고 모든 걸

탐내더니 자기 무덤만 일찍 판 셈이네요!

슈타우파허

무시무시한 공포가 온 땅을 덮었소,   2990

산악 지대의 모든 고갯길이 폐쇄되고,

각 계층은 자신의 한계를 지키고

오래된 도시 취리히도 30년 동안이나

열려 있던 성문을 닫아걸었다 하오,

살인자들과 그보다도— 복수자들이 두려워서죠.

파문의 저주로 무장하고서

헝가리 왕비 가혹한 아그네스[황제의 딸]가,

여성의 온화함은 알지도 못하는 그녀가,

살인자들의 전(全) 가문,

그 하인들, 아이들과 손자들까지도,   3000

심지어는 그들의 성(城)의 돌에도

부왕의 피에 대해 복수하겠노라고

맹세해다오, 종족 전체를 아비의

무덤으로 내려보내겠다고, 5월 이슬에

목욕하듯 피로 목욕하겠노라고.

멜히탈

살인자들이 어디로 도망쳤는지는 알고 있나요?

슈타우파허

그들은 일이 끝나자마자 다섯 개의

다른 길로 서로 뿔뿔이 흩어졌다오,

다시는 만날 수 없도록 말이지,

요한 공작은 알프스 산중을 헤맬 거랍니다.　　　　　3010

발터 퓌어스트

못된 행동이 그들에겐 아무 열매도 안 주네!

복수는 아무 열매도 없지! 복수는 스스로

저의 먹이가 되고, 그 즐거움이래야 살인,

성취해봤자 공포의 소름.

슈타우파허

그런 행동이 살인자에겐 아무 이익도

주지 않았지만, **우리는** 깨끗한 손으로

피 묻은 악행이 만든, 축복에 넘친 열매를 땁니다.

우린 큰 두려움 하나에서 벗어났으니,

자유의 최대 적이 쓰러졌으니까요,

소문으로는 황제관이 합스부르크 가문에서　　　　　3020

다른 가문으로 넘어간답니다,

제국은 다시 황제 선출을 주장할 겁니다.

발터 퓌어스트와 많은 사람

무슨 말 들으셨소?

슈타우파허

　　　　　　룩셈부르크 백작*이

많은 사람에 의해 지목되고 있어요.

발터 퓌어스트

제국에 충성한 게 우리한텐

잘 되었네, 이젠 정의를 기대할 수 있겠소!

슈타우파허

새로운 군주에겐 용감한 친구들이 필요하지요,

그는 오스트리아의 복수에서 우리를 보호할 겁니다.

(사람들 서로 포옹한다.)

(성물 보관인이 제국의 사자와 함께 등장)

성물 보관인

나라의 귀하신 어르신들이 여기 계십니다.

뢰셀만과 많은 사람

무슨 일이오?

성물 보관인

　　　　　제국의 사자가 이 편지를 가져왔습니다.　　　3030

모두 (발터 퓌어스트에게)

뜯어서 읽어보십시오.

발터 퓌어스트 (읽는다)

　　　　　"우리, 슈비츠, 운터발덴의

겸손한 사내들에게 엘스베트 왕비는

• 알프레히트의 피살 이후에 하인리히 7세로 신성로마제국 황제가 되는 인물.

은총과 모든 선의를 보내는 바입니다."

많은 목소리

왕비는 무얼 바라는 거지? 그녀의 제국은 끝났는데.

발터 퓌어스트 (읽는다)

"주군의 유혈 서거가 왕비에게

가져다준 크나큰 고통과 과부의 슬픔에도

왕비는 스위스 주들의 오랜 신의와

사랑을 아직 기억하고 있습니다."

멜히탈

행복할 때는 그런 적이 없었는데.

뢰셀만

쉿! 들어봅시다!　　　　　　　　　3040

발터 퓌어스트 (읽는다)

"소중한 국민이 이런 악행의

저주받은 범죄자들에게 마땅한

혐오감을 가지리라 기대합니다.

그러므로 왕비는 이 세 고을이

살인자에게 아무 도움도 주지 않고,

루돌프의 가문에서 받은

사랑과 옛 은총을 기억하여

범죄자들을 복수자의 손에 넘기는

일에 협조하기를 기대합니다."

(사람들 사이에 불만의 표시들)

많은 목소리

사랑과 은총이라고!   3050

슈타우파허

우리는 그 아버지에게선 은총을 받았으나

아들에게선 대체 무엇을 받았다고 자랑할까?

그가 이전의 모든 황제가 했던 대로

자유 칙령을 우리에게 확인해주었던가?

정당한 법에 따라 판결하고 어려운

처지에 있는 무고한 자를 보호해주었던가?

우리가 두려워하며 그에게 보낸

사자의 말을 들어주기나 했던가?

황제는 이 모든 일 중 하나도 우리에게

해주지 않았소, 그리고 우리가 용감한 우리 손으로   3060

우리의 권리를 지키지 않았던들, 우리의 어려움이

그의 마음 건드리지도 않았을 텐데― 그에게 감사를?

그는 이 골짜기에 감사를 씨 뿌리지 않았소,

그는 높은 자리에서 자기 국민의

아버지가 될 수도 있었을 테지만, 오직

자기가 불린 자기 재산을 염려하는

마음뿐이었는데, 그를 위해 울어달라고!

발터 퓌어스트

우리는 그의 추락을 환호하려는 건 아니오,
그렇다고 **지금** 그에게서 받은 악의를 생각지도 않소,
우리한테선 모두 멀리 있어라! 하지만 우리에게   3070
잘해준 적 없는 황제의 죽음에 **복수**하거나,
우리를 슬프게 한 적 없는 이들을 추적하는 건
우리에게 어울리지 않으며, 마땅한 일도 아니오.
사랑은 자발적으로 제물이 되고자 하고,
죽음은 강요된 의무에서 벗어나게 해주는 일이니
―우리는 그에게 갚을 빚이 더는 없소.

멜히탈

왕비는 고통에 울고, 그녀의 거친
아픔은 하늘을 향해 탄원하지만,
당신은 여기 두려움에서 벗어난 민족이 같은
하늘을 향해 감사의 탄원을 올리는 걸 보고 있소―   3080
눈물을 거두려는 사람은 사랑을 씨 뿌려야죠.

(제국의 사자 퇴장)

슈타우파허 (민중에게)

텔은 어디 있지? 우리 자유를 건설한
텔만 우리 곁에 없다니? **그가** 가장
큰일을 해냈고, 가장 힘든 것을 감당했소,
모두 갑시다, 그의 집으로 걸어갑시다,
우리 모두의 구원자를 위해 만세를 부릅시다.

(모두 퇴장)

제 2 장

텔의 집 내부

아궁이에서 불이 타고 있다. 열린 문이 밖을 향한다.

헤드비히. 발터와 빌헬름

헤드비히

오늘 아버지가 오신다. 얘들아, 사랑스러운 아이들아!
아버지는 살아 계시고 자유롭다, 그리고 우리도 자유야!
이 나라를 구한 건 너희 아버지란다.

발터

나도 거기 있었어요, 어머니!　　　　　　　　　　　　3090
내 이름도 함께 불러야 해. 아버지의 화살이
내 몸을 스쳐 지나가도 나는
떨지 않았어요.

헤드비히 (그를 포옹하며)

　　　그래, 넌 내게 다시

주어진 거야! 나는 너를 두 번 낳았다!

너 때문에 진통을 두 번이나 했으니!

그건 지나갔어— 내겐 너희 둘이 다 있다!

그리고 오늘 사랑하는 아버지가 돌아오시고!

(수도사 한 명이 문간에 나타난다)

빌헬름

봐요, 어머니, 저기 수도사 한 명이 서 있어요,

적선해달라고 간청할 거예요.

헤드비히

그분을 안으로 모셔라, 원기를 찾으시게,

기쁨의 집에 왔다는 걸 그분도 느끼겠지.

(안으로 들어갔다가 금방 잔 하나를 들고 다시 나온다)

빌헬름 (수도사에게)

들어오세요, 아저씨. 어머니가 대접하신대요.

발터

들어오세요, 좀 쉬고, 기운을 차려서 떠나세요.

수도사 (수줍게 사방을 둘러보며, 산만한 모습으로)

여기가 어디니? 말해봐라, 어느 나라지?

발터

그걸 모르시다니, 길을 잃으셨나요?

여기는 뷔르클렌이에요, 우리(Uri) 땅이죠.

셰헨 골짜기로 들어가는 곳이에요.

수도사 (돌아오는 헤드비히에게)

당신뿐인가요? 주인장도 집에 계신가요?

헤드비히

그는 금방 오실걸요— 하지만 그게 무슨 상관이죠?

당신은 좋은 일로 오신 것 같진 않군요.   3110

당신이 누구든, 힘든 일을 겪고 계시니, 드세요!

(그에게 잔을 내준다)

수도사

내 헐떡이는 심장이 마실 것을 간절히 원하지만,

당신이 말씀하시기 전에는 건드리지 않겠습니다.

헤드비히

내 옷을 건드리지 마세요, 내게 가까이 오지 말아요,

내가 당신 말을 듣기를 바란다면 멀리 떨어져 계세요.

수도사

여기서 친절하게 타오르는 이 불에 걸고,

아이들의 소중한 머리에 걸고, 여기 내가

끌어안는—

(아이들을 붙잡는다)

헤드비히

봐요, 무슨 생각인가요? 내 아이들한테서

물러나요! —당신은 수도사가 아니군! 당신은

아니야! 이 수도복에는 평화가 사는 법인데,   3120

당신 모습엔 평화가 없어.

수도사

나는 가장 불운한 인간입니다.

헤드비히

불운은 마음에 강하게 말을 걸지만,

당신의 눈길은 내 마음을 조르네요.

발터 (뛰어나가며)

어머니, 아버지다!

(밖으로 달려 나간다)

헤드비히

오, 나의 하나님!

(나가려다 떨면서 멈추어 선다)

빌헬름 (서둘러 나간다)

아버지!

발터 (밖에서)

돌아오셨네!

빌헬름 (밖에서)

아버지, 사랑하는 아버지!

텔 (밖에서)

돌아왔다─ 어머니는 어디 계시냐?

(그들이 무대로 등장)

발터

어머니는 저기 문간에 서서 더 오지 못해요.

두려워서, 그리고 기뻐서 떠느라고.

텔

오, 헤드비히! 헤드비히! 내 아이들의 어머니!　　　3130

신께서 도우셨소— 어떤 폭군도 우릴 갈라놓지 못해.

헤드비히 (그의 목을 얼싸안으며)

오, 텔! 텔! 당신 때문에 얼마나 두려워했는지요!

(수도사가 주의를 기울인다)

텔

이제 그런 건 잊고 기쁘게 살아요!

내가 돌아왔으니! 이게 내 오두막이다!

나는 다시 내 집에 섰다!

빌헬름

하지만 석궁은 어디 두었어요, 아버지?

안 보이네.

텔

　　　　너는 그걸 다시는 못 볼 거야,

거룩한 자리에 보관해두었다,

앞으로는 사냥에 쓰지 않을 거다.

헤드비히

오, 여보! 텔!

(뒤로 물러서며 그의 손을 놓는다)

텔

어째 그리 놀라시오, 부인?

3140

헤드비히

어떻게, **어떻게** 돌아오신 거죠? ―이 손

―내가 이 손을 잡아도 될까? ―이 손은― 오, 하나님!

텔 (진심으로, 용감하게)

그 손이 당신들을 방어하고 나라를 구했소.

난 이 손을 자유롭게 하늘로 쳐들 수 있어.

(수도사는 성급한 움직임, 그를 바라본다)

이 수사님은 누구요?

헤드비히

참, 그분을 잊고 있었네!

당신이 이야기해보세요, 그가 가까이 오면 난 두려워.

수도사 (다가온다)

당신이 텔이오? 저 태수를 쓰러뜨린?

텔

그렇소, 나는 그걸 어떤 사람에게도 숨기지 않소

수도사

당신이 텔이라고! 아, 하나님의 손길이

나를 당신 지붕 아래로 안내하셨군.

3150

텔 (눈으로 그를 뜯어보며)

당신은 수도사가 아니군! 대체 누구요?

수도사

당신은 태수를

쓰러뜨렸소, 당신에게 악을 행한 사람을─ 나도

내게 정의를 거부한 적을 죽였소─

그는 또한 당신의 적이기도 했지─

나는 이 땅을 그에게서 해방해주었소.

텔 (물러서며)

당신이─

끔찍하다! ─애들아! 애들아, 안으로 들어가라.

가요, 당신도! 가! 어서! ─불운한 사람,

당신은─

헤드비히

맙소사, 이게 누군가요?

텔

묻지 마오!

어서 가요! 애들이 들으면 안 되지.

집 밖으로 나가요─ 멀리 가─ 당신은   3160

이 사람과 **한** 지붕 아래 있으면 안 되오.

헤드비히

맙소사, 이게 뭐지? 가자!

(아이들과 함께 나간다)

텔 (수도사에게)

당신은 오스트리아

공작*이군— 그러네! 당신은 황제를 죽였소,

당신의 백부이며 주군인 분을.

요한네스 파리치다

그는 내 유산을

강탈했소.

텔

당신은 백부를 죽였소!

당신의 황제를! 그런데도 대지가 아직 당신을

떠받치고 있다니! 태양이 아직 당신을 비추다니!

파리치다

텔, 들어봐요, 당신이—

텔

부친 살해 겸

황제 살해의 핏방울을 뚝뚝 떨어뜨리며

감히 깨끗한 내 집에 발을 들이다니,　　　　　　　3170

감히 당신의 얼굴을 선량한 이들에게

보여주고, 손님 대접받기를 바라시오?

파리치다

당신 집에선 자비심을 보리라 희망했소,

---

* 루돌프 황제가 오스트리아 공작 작위를 얻은 뒤로, 합스부르크 가문을 뜻한다.

당신도 적에게 복수를 했으니.

텔

　　　　　　　　　　　　불운한 사람!
명예욕에서 저지른 살인죄를 아비의
정당한 자기방어와 뒤섞으려는 겁니까?
당신은 아이들의 사랑스러운 머리를 지켰소?
가정의 성스러움을 지켰나요? 당신의 가족에게서
가장 끔찍한 것, 최후의 것을 막아낸 거요?
─나는 내 깨끗한 두 손을 하늘 높이 들어 올리고,
당신과 당신의 악행을 저주합니다─ 나는 거룩한
자연을 위해 복수했고─ **당신은** 자연을 해쳤지─
─나는 당신과 공통인 게 없소 ─**당신은** 살인죄를
저질렀고, **나는** 내 가장 소중한 것을 지킨 거요.

파리치다

당신은 나를 위안 없이 절망으로 내모는 겁니까?

텔

당신과 이야기하자니 내가 두려워지네.
가시오! 당신의 끔찍한 길을 헤매시오,
무구함이 사는 오두막은 깨끗하게 남겨두고.

파리치다 (나가려고 몸을 돌린다)

그렇다면 나는 더는 살 **수 없고**, 살고 **싶지도 않아**!

텔

하지만 당신이 가엾군— 하늘의 하나님!   3190
저렇게 젊은데, 저렇듯 귀족 혈통인데,
내 주군 루돌프 황제의 손자가
살인자가 되어 도망치다가, 여기 가난한
내 집 문턱에서 간청하고 절망하다니—
(얼굴을 가린다)

파리치다

오, 당신이 울 수 있다면 내 운명을
탄식해주오, 그건 끔찍한 것이니— 나는
영주인데— 이미 **지난** 일이지만— 소망의
초조함만 억눌렀다면, 행복할 수 있었는데.
질투가 내 마음을 갉아먹었소— 내 사촌
젊은 레오폴트가 명예의 관을 쓰고   3200
영지들을 받는 걸 봤지,
같은 나이인 나는 노예 같은
미성년에 갇혀 있는데—

텔

불운한 사람, 백부께서 당신에게 영지와 사람들을
거부한 건, 사람을 잘 알아보았기 때문이네!
당신이 서둘러 거친 광란의 행동을 저질러
두렵게도 그의 지혜로운 판단을 정당하게 만들어주었으니.
—피 묻은 당신 행동을 도운 자들은 어디 있소?

파리치다

복수의 정령들이 이끄는 곳으로 갔소,

그 불운한 행동 이후로 그들을 다신 보지 못했지요.　　　　3210

텔

추방령이 당신을 쫓고, 당신은 친구에겐

금지되고 적에겐 허용되었음을 아십니까?

파리치다

그래서 나는 모든 열린 길을 피하고,

어떤 오두막의 문도 못 두들기지요—

황무지로 발길을 돌리고, 스스로 자신의

두려움이 되어 산중을 헤매고 있어요,

시냇물이 내 불운한 모습을 비추기라도 하면

나 자신에 놀라 소스라쳐 물러서지요.

오, 당신이 동정심과 인간적인 마음을 느낀다면—

(그의 앞에 쓰러진다)

텔 (외면한다)

일어서요! 일어나!　　　　3220

파리치다

당신이 내게 도움의 손길을 주기 전엔 싫소.

텔

내가 당신을 도울 수 있나? 인간이 그런 죄악을?

하지만 일어서요— 당신이 어떤 끔찍한 일을

저질렀더라도— 당신은 인간이요— 나도 인간이니—
아무도 텔한테서 위안 없이 떠나선 안 되지—
내가 할 수 있는 일이면 하겠소.

파리치다 (뛰어 일어나 그의 손을 격하게 움켜쥐며)

오, 텔!

당신은 내 영혼을 절망에서 구원하네요.

텔

내 손을 놓아요— 당신은 가야 합니다. 여기선
발각되지 않을 수 없어요, 발각되면
보호는 생각할 수 없고— 어디로 갈 생각이오?   3230
어디서 평화를 얻기를 바라나요?

파리치다

난들 아나요? 아!

텔

하나님이 내 마음에 주신 생각을 들어봐요— 여기를
떠나 이탈리아로, 성 베드로의 도시[로마]로 가야 합니다,
거기서 교황님의 발치에 몸을 던지고 당신의
죄를 고백하고 영혼을 구원하십시오.

파리치다

그가 나를 복수자에게 넘기지 않을까요?

텔

그가 어떻게 하든, 그걸 하나님 뜻으로 여기고 받아들여요.

254

파리치다

그 모르는 나라로 어떻게 가나요?

길도 모르고, 감히 나그네들

틈에 끼어들 수도 없는데.   3240

텔

길을 알려드리지요, 잘 들어요!

산에서 거칠게 쏟아져 내리는

로이스강을 따라 거슬러 올라가요—

파리치다 (숨이 막혀서)

로이스를 보라고? 그건 내 행동이 이루어진 강인데.

텔

길은 낭떠러지 곁으로 나 있소, 많은

십자가가 길을 알려줘요. 눈사태가 매장한

나그네들을 기념하기 위해 세워진 거지요.

파리치다

자연의 무시무시함은 두렵지 않소,

마음의 거친 고통만 가라앉힐 수 있다면.

텔

십자가마다 그 앞에 무릎 꿇고 엎드려   3250

뜨거운 눈물로 당신의 죄를 참회하시오.

다행히도 그 공포의 도로*를 지나고,

얼음으로 뒤덮인 암벽에서 산이

사나운 바람을 보내지 않는다면, 당신은

물보라 휘날리는 다리[악마 다리]에 이를 겁니다.

그 다리가 당신 죄의 무게 아래 무너지지 않고

다행히도 당신이 그걸 건넌다면,

검은 **암벽 문**이 입을 떡 벌리고 있지요.

낮에도 밝아지지 않는 곳— 그곳을 지나면,

명랑한 기쁨의 **골짜기**로 들어서게 되오.　　3260

하지만 당신은 빠른 걸음으로 서둘러 지나가시오,

평화가 깃든 곳에 당신은 머물면 아니 됩니다.

파리치다

오, 루돌프! 루돌프! 할아버지 황제여!

당신의 손자가 당신의 제국 영토로 이렇게 들어갑니다!

텔

그렇게 계속 올라가면 고트하르트 고원지대에

도달하지요, 직접 하늘의 물줄기로

채워지는 영원한 호수들이 있는 곳이오.

● 쉴레넨 협곡 지대의 괴셰넨 상부로 로이스 골짜기에서 본격적으로 시작되는 고트하르트 고갯길의 시작 부분을 가리킨다. 오늘날에는 고트하르트 고갯길 지하에 세계에서 가장 긴 고트하르트 터널이 뚫려 있어 교통에 어려움이 없지만, 옛날에 이곳은 특히 눈사태가 잦았다. 로이스강의 물보라 후려치는 '악마 다리(Teufelsbrü-cke)'를 건너면 '우리 동굴(Urner Loch)'이라 불리던 암벽 문이 있고, 그 암벽 문을 지나면 안데르마트(Andermatt) 골짜기가 열린다. 다만 암벽 문은 1707년에야 산을 폭파해 만든 것으로, 《빌헬름 텔》의 배경이 되는 1307년엔 아직 없었다.

거기서 도이치 말 영토와 작별하면

또 다른 물줄기가 즐거운 길을 따라 안내할 거요,

이탈리아 땅으로, 당신에게 약속된—   3270

(알프스 호른들로 목가(牧歌) 부는 소리 들린다)

사람들 소리요, 가시오!

헤드비히 (서둘러 들어온다)

　　　　　　　　어디 계세요, 텔?

아버지가 오셔요! 맹세 동지들이 모두

즐거운 행렬로—

파리치다 (얼굴을 가린다)

　　　　　　　　맙소사!

나는 행복한 사람들 집에는 머물 수 없구나.

텔

가요, 부인. 이 사람 목을 축여주고

먹을 걸 넉넉히 내주시오, 갈 길은

멀고, 쉴 곳은 없으니.

어서! 그들이 오네.

헤드비히

　　　　　　　　이 사람 누군가요?

텔

　　　　　　　　　알려고 하지 마오!

그가 떠나거든 눈길을 돌려요,

그가 어느 길로 갔는지 보지 못하게! 3280

(파리치다는 바쁜 움직임으로 텔에게 다가가지만, 텔은 손으로 가리키고 나간다. 두 사람 제각기 다른 방향으로 떠나고 나면 무대가 바뀌면서 마지막 장면에서는 텔의 집 앞 골짜기를 둘러싼 언덕들에 사람들의 무리가 모여 하나의 전체를 이루고 있다. 셰헨으로 넘어가는 높은 오솔길을 통해 다른 사람들도 이리로 오는 중이다. 두 소년을 데리고 발터 퓌어스트, 멜히탈과 슈타우파허가 앞장서고 다른 사람들이 뒤따라온다. 텔이 밖으로 나오자, 모두가 커다란 환호성으로 그를 맞이한다.

모두

텔 만세! 사수이며 구원자!

(맨 앞에 있던 사람들이 텔을 둘러싸고 포옹하는 동안 루덴츠와 베르타도 나타나서 루덴츠는 지방민들과, 베르타는 헤드비히와 포옹한다. 이 조용한 장면에 산의 음악이 계속된다. 그것이 끝나면 베르타가 사람들 한가운데로 나온다)

베르타

여러분! 동지들! 저를 여러분의
동맹에 받아주세요, 자유의 땅에서
안전을 찾은 최초의 행복한 사람입니다.
여러분의 용감한 손에 제 권리를 맡기니,
저를 여러분의 시민으로 보호하시겠습니까?

지방민

선의와 피로써 그리하겠습니다.

베르타

좋아요!

그럼 나는 이 젊은 분께 나의 권리를 맡기지요,

자유로운 스위스 여인이 자유로운 사나이에게!

루덴츠

그럼 나는 내 모든 하인에게 자유를 선포합니다. 3290

(음악이 빠르게 울리는 동안 막이 내린다)

실러의 참고 문헌들

글라루스의 민회장이던 에기디우스 추디(Aegidius Tschudi)의 기록, 《헬베티아 연대기》J. R. 이젤린(J. R. Iselin) 판본(1734/36)

요한네스 뮐러(Johannes Müller), 《스위스 연맹사》I/II. 1786ff.

우리(Uri)의 〈텔〉 연극(1555). 하인리히 보드머(Heinrich Bodmer)의 스위스 희곡들(특히 〈멜히탈 출신의 하인리히〉)과 J. L. 암뷜(J. L. Ambühl)의 《스위스 동맹》(1779)과 《빌헬름 텔》(1792).

요한 야코프 쇼이히처(Joh. Jacob Scheuchzer), 《스위스의 자연사》Hrsg. von Joh. Georg Sulzer, 1746, 2 Bde.

요한 고트프리트 에벨(Joh. Gottfr. Ebel), 《스위스 산악 민족의 서술》1798/ 1802.

콘라트 퓌슬린(Conrad Füsslin), 《스위스 맹약의 국가 및 토지 서술》1770/ 72.

페테르만 에테를린(Petermann Etterlyn), 《스위스 연대기》1752.

크리스토프 마이너(Christoph Meiner), 《스위스에 대한 편지들》1784, 2 Bde.

요한 H. D. 쵸케(Joh. H. D. Zschokke), 《스위스 산악 지대 칸톤들의 전투와

패배의 역사》취리히, 1801.
요한 콘라트 페지(Joh. Conrad Faesi),《헬베티아 동맹 전체의 국가 및 토지 완
　벽 서술》1763ff.

칼을 쥐고도 자제하는 성숙한 시민의 승리

1. 강력한 왕에 맞서 민중이 이뤄낸 승리

《빌헬름 텔》(1804)은 독일이 세계에 자랑하는 대표적인 극작가 프리드리히 실러(1759~1805)가 완성한 마지막 작품이다. 중세에 일어난 사건(1307~1308년)의 역사적 배경을 알아야 한다는 점이 조금 힘들긴 해도, 시대를 뛰어넘어 언제까지나 사람들의 마음을 울리는 정말 재미있는 역사 또는 이야기가 여기 등장한다. 작가는 스위스 독립에 얽힌 경이로운 사건들을 능숙한 솜씨로 다듬고 새롭게 배치해 뛰어난 희곡으로 엮었다.

스위스의 한가운데, 루체른 호수를 둘러싼 세 고을이, 당시 강력한 황제 가문으로 올라서던 초기의 합스부르크 왕가에 맞서 스위스의 독립을 쟁취했다. 특히 왕가에 맞서 일어선 사람들이 주로 스위스 산골의 사냥꾼, 목동, 어부 등 소박한 평민들과 심지어 농노까지 섞여 있었다는 점이 놀랍다. 이들과 나중에 소수 귀족까지 한마음으로 힘을 합쳐, 막강한 군사력을 지닌 황제와 그의 태수, 귀족들에게 현명하게 대항해 승리하는 과정이 무대에서 경쾌하게 전개된다. 그 한가운데 전설처럼 전해지는 명사수 빌헬름 텔의 이야기와 역할이 들어 있다.

이들의 저항에 밀린 합스부르크 왕가는 자기들의 원래 출신지인 스위스의 합스부르크 일대를 포기하고 항구적으로 스위스를 떠나 오스트리아 빈으로 거점을 옮겼다. 전체적으로 보아 소박한 산골 사람들이 강력한 왕가에 맞서 이뤄낸 기적 같은 승리의 이야기이니, 얼마나 감동적인가!

2. 희곡 읽기의 기본 요령

그렇다고는 해도 지금부터 700년도 더 전에 스위스에서 실제로 일어난 역사까지 등장하고 있으니, 21세기 한국의 독자가 글을 읽어 그 내용을 이해하기란 쉽지 않다. 이 작품은 연극 무대를 위해 쓰인 대본인데, 심지어 꽤 엄격한 시(詩)의 형식을 따르고 있다. 다시 말해 배우들의 대사에 운율이 들어 있다는 말이다. 덕분에 여기 등장하는 산골 사람들의 소탈한 민속 언어는 그 자체로 퍽 아름답고도 인상적이다.

이것은 언뜻 우리 눈에 낯설게 여겨지지만, 잘 생각해보면 우리에게도 옛날 장터에 모인 사람들에게 노래로 들려주던 판소리나 리듬이 들어간 마당극이 있었다. 이렇게 연결하고 보면, 실러가 쓴 무대극이 운율로 되어 있다는 게 아주 낯설지만은 않다. 옛사람들의 정서는 지역의 한계를 넘어 어딘지 모르게 서로 통한다.

그래도 여전히 희곡 텍스트를 읽고 내용을 이해하기란 쉽지 않은 일이다. 우리에게 친숙한 이야기 문학의 종류가 보통은 소설인데, 희곡은 소설과는 전혀 다른 방식으로 이야기를 들려주기 때문이다. 원래 여러 배경 장치가 된 무대에서 배우가 대사와 연기로 줄거리를 보여줘야 하는데, 그걸 글로 읽고 이해하자니 힘든 게 당연하다. 다만 배우들은 원래 대본을 읽고, 독자도 정밀하게 내용을 이해하려면 역시 대본을 읽어야 한다.

희곡 읽기에 익숙하지 않은 사람도 몇 가지 기본 요령을 알아두면 도움이 된다. 모든 사건에는 시간, 장소, 인물이 있게 마련이다. 그러므로 희곡에서는 무엇보다도, 사건이 일어나는 시간과 장소를 알아야 한다. 막과 장이 나오는데, 막은 큼직한 사건들을 나누어주고, 장은 먼저 장소를 지정하고 등장인물을 알려준다. 각 막과 장의 맨 앞에 나오는 것이 장소(무대) 지문이다.

예를 들어 사건의 장소가 뭍인지, 물인지, 호숫가인지, 사람들이 산에 있는지, 집에 있는지, 광장에 있는지 등을 반드시

알고 기억해야 한다. 또한 낮인지 밤인지, 여름인지 겨울인지 등의 정보도 기억해야 한다. 이런 시간과 장소를 바탕으로 인물이 등장하고, 그러면 우리는 그들이 주고받는 대화와 행동을 통해 그들이 지금 어떤 상황에 들어 있는지를 알아내야 한다. 소설과 같은 자세한 설명이 희곡에는 없다.

이런 기본 정보를 처음부터 일부러 머리에 담고 읽기 시작하면, 생각보다 쉽게 줄거리를 따라갈 수 있다.

3. 두 줄기 줄거리와 5막의 내용

우리 대본의 줄거리는 두 줄기로 전개되다가 마지막에 이르러 하나로 합쳐진다.

한 줄기는 세 고을의 평민 대표들이 비밀리에 모여 민회를 열고 스위스의 독립을 수호하기로 맹세하는 것, 뒤이어 귀족이 여기 동참하는 것, 그리고 마지막에 그들 모두 한꺼번에 총궐기하는 것이다. 또 다른 줄기는 이들과는 별개로 자기 혼자만의 힘으로 움직이는 빌헬름 텔의 이야기다. 그의 여러 모험, 그리고 스위스 독립을 가로막는 가장 악독한 태수를 제거함으로써 결국 단독자인 그가 사람들이 민회에서 맹세한 일이 성공하도록 가장 크게 공헌하는 과정이 여기 들어 있다. 마지막 장면에서 이들 스위스의 민중과 귀족은 모두 한데 모여 승리의 만세를 외치며 나라의 독립을 확인하고, 사람들 사이의 평등과 자유를 한 번 더 약속한다.

전체 5막인 이 희곡은 각 막의 줄거리 진행이 매우 선명하다. 제1막에서 평민들이 황제의 태수들에게서 겪는 온갖 폭정이 차례로 등장한다. 태수들의 악행이 견디기 힘들 정도로 쌓이자, 민중 사이에 존경받는 원로들이 모여 세 고을 합동으로 긴급 민회를 열기로 정한다.

제2막은 먼저 평민의 존경을 받는 귀족 아팅하우젠 남작과 그 조카의 상황을 보여준다. 젊은 조카의 사유는 처음에 민중의 생각과 거리가 있다. 이어서 뤼틀리에서 열린 세 고을의 합동 민회가 등장한다. 첫 번째 줄거리의 정점을 이루는 제2막 제2장의 뤼틀리 민회 장면이다. 이 부분은 중세 게르만 민족 사이에 널리 퍼져 있던 민회를 가장 잘 보여주는 소중한 문헌이기도 하다.

제3막에서 비로소 사냥꾼 텔과 그의 가족이 본격적으로 등장한다. 텔 줄거리의 절정이자 작품의 정점이기도 한 제3막 제3장에서 텔은 아들의 머리 위에 올려진 사과 한가운데를 화살로 맞혔는데도, 못된 태수 게슬러에게 체포되어 묶여서 끌려간다.

제4막에서 텔은 사나운 폭풍이 몰아치는 네숲고을호수에서 태수의 명을 받아, 풍랑 위에서 한 조각 낙엽처럼 흔들리는 배의 키를 잡는다. 천신만고 끝에 활을 잡고, 호수로 돌출한 바위로 뛰어내려 자신을 구하면서, 배에 탄 태수 일행도 구한다. 그리고는 곧바로 지름길로 달려가 태수 일행이 지나갈 길에 미리 매복해 기다린다. 그는 자기 아들의 머리 위에 사과를 올려놓고 그것을 쏘아 맞히라고 강요한 태수에게 화살을 날려 그를 죽임으로써 가족의 안전을 확보할 뿐만 아니라 스위스 독립을 가로막는 최대 장애물을 제거한다.

제5막에서 세 고을의 귀족과 평민들이 한꺼번에 궐기해서 태수들과 그 군대를 쫓아낸다. 그 순간 그들을 억압하던 황제가 조카 손에 암살당했다는 소식도 들어온다. 이로써 스위스 독립을 가로막는 가장 중요한 방해물, 곧 황제와 태수가 모두 사라졌다. 사람들은 해방자인 텔의 집 앞으로 몰려가 모두 함께 만세를 부른다.

4. 등장인물 내면의 변화 과정

이 작품에 등장하는 모든 주요 인물은 내면의 성장 과정을 경험한다. 즉 이 작품은 주요 인물 모두에게서 관점이 변하고 발전하는 과정을 보여준다. 뤼틀리 민회에 참석한 33인 민족 대표는 원래 매우 신중한 조심성으로 궐기를 크리스마스 이후로 미루었다. 하지만 상황이 변하자, 그들은 귀족을 자기들의 지도자로 받아들이고 날짜도 상황에 맞춰 앞당긴다. 원래의 결의에만 머물지 않고 매우 유연하게 대처하는 것이다. 그 과정에서 각 인물은 자기가 원래 가졌던 관점을 수정한다.

민족의 아버지로 여겨지는 늙은 귀족 아팅하우젠 남작도 죽기 직전에, 미래가 평민의 세상이 될 것을 마음으로 받아들인다. "하나가 되어라!"라는 중요한 유언을 남기고 그는 미래에 대한 예언을 말하면서 죽는다. 조카인 젊은 루덴츠는 오스트리아 귀족들과 어울렸지만, 자기가 연모하는 베르타와의 대화를 통해 관점을 거의 정반대로 바꾸어 스위스 민족의 편에 서기로 한다. 제3막 제2장에 나오는 두 사람의 대화는 루덴츠가 각성하고 관점을 수정하는 순간을 보여준다. 물론 그의 사랑도 이루어진다.

주인공 빌헬름 텔도 상당한 변화를 겪는다. 제1막 제3장에서 슈타우파허와 이야기하면서 그는 '평화로운 자에게는 평화가 허용될 것'이라며, "파선했을 때는 제각기 하는 게" 더 쉽다고 말한다. 특히 자신은 "오래 검토하고 고르는 건" 하지 못한다며 민회에 동참하는 일도 거절한다. 하지만 아들의 머리에 올려놓은 사과를 쏘아 맞히고도 묶여서 감옥으로 끌려가다가 간신히 탈출한 뒤로 거대한 내면의 변화를 겪는다. 제4막 제3장에서 텔은 완전히 변화된 모습으로 등장한다.

그는 고약한 이웃이 평화를 원치 않는다면 "가장 경건한 사람도 평화로울 수는 없다"라는 자신의 깨달음을 말한다. 또한 긴 독백의 장면에서 오래 검토하며 깊은 생각에 잠긴다. 급박한 상황에서 단호하고 빠르게 행동하는 사람이던 그가 깊이 성찰하는 사색의 면모를 지니게 된 것이다. 그리고 그런 깊은 사색을 거쳐, 게슬러를 죽이는 것이 옳은 일이라고 판단한다. 이런 성찰은 제5막 제2장에서 파리치다와 만났을 때 진가를 발휘한다.

파리치다는 스위스 민족을 핍박하던 황제를 죽인 자신이, 역시 스위스 민족에게 폭정을 저지르던 태수를 죽인 텔에게 도움이 되는 일을 했다고 여긴다. (물론 그의 행동은 스위스 사람들에게 큰 도움이 되었다). 그런데도 텔은 단호히 두 사람 행동의 차이를 지적한다. 파리치다는 '명예욕에서 살인죄'를 저질렀고, 자신은 "아비의 정당한 자기방어"를 했다는 것이다. 텔이 도중에 내면의 발전을 이루지 못했다면, 이토록 명징하고 명쾌한 논리를 펼칠 수는 없었을 것이다. 그리고 이렇듯 명징한 사유와 반성의 끝에 나온 행동만이 아마도 올바른 한계를 지킬 수 있을 것이다.

억지 논리로 폭정을 일삼던 태수들, 변화와 발전을 받아들이지 않는 이런 적들을 쫓아내고 스위스 사람들은 꼭 필요한 행동만을 한 끝에 나라의 독립을 지킨다. 그들은 과격함으로 넘어가지 않고, "칼을 주먹에 쥐고도 자제하는"(1373행) 성숙함을 보여주는 것이다. 젊은 멜히탈은 심지어 자기 아버지의 눈을 파낸 태수를 멀쩡하게 살려서 나라 밖으로 내보냈다. 경직된 태도로 욕심만 부리던 황제와 태수들은 모두 죽거나 이 나라에서 쫓겨났다.

5. 성숙한 시민으로 가는 길, 민회와 미적 교육

실러에게서 '미적 교육(ästhetische Erziehung)'은 중요한 개념이다. 물론 여기서 교육이란, 일상에서 우리가 흔히 말하는 부모가 '(남에게 의뢰해) 자식을 교육시킨다'는 뜻의 교육은 아니다. 그보다는 이미 성인이 된 사람의 자기 교육, 또는 자기 반성을 통한 각성과 계몽이라는 의미다. 그런 각성과 계몽을 통해 과격함에 빠져들지 않고 균형 잡힌(미적인) 합리적 관점에 도달하는 것이 이 교육의 목적이다. 우리 작품에서는 스위스 사람들의 활발한 대화, 특히 민회에서의 논의와 성찰이 핵심 역할을 한다.

실러는 프랑스 혁명의 과정을 세밀히 관찰했다. 1789년에 시작된 프랑스 혁명은 일단 성공해서 공화국 정부가 세워졌지만, 평화롭게 정착하지 못했다. 그렇긴커녕 혁명은 점점 더 과격해지다가 1792년에 급기야 왕을 처형하고, 극단주의자인 로베스피에르의 손으로 정권이 넘어갔다. 하지만 머지않아 그도 처형당하고, 과격파들 사이의 다툼으로 극도의 혼란을 겪다가, 마지막에 나폴레옹이 이끄는 군부가 혁명 세력을 진압해서 프랑스는 도로 왕정으로 되돌아갔다. 결국 실패한 것이다.

이 과정을 바라보면서 실러는 민주주의 공화정이 안정적으로 정착하기 위해서는, 혁명을 통해 공화정부를 세우는 일보다 먼저 시민의 (자기) 교육이 필요하다는 결론에 이르렀다.

특히 성공한 순간에 과격함으로 넘어가지 않고 한순간 넘치는 힘을 절제하는 능력이 매우 중요하다는 사실을 깨달았다. 평범한 사람들이 내적으로 발전해 성숙한 시민, 계몽된 시민이 되어야 한다. 그는 여러 편의 어려운 미학 논문에서 이 문제를 다루었다.

그에 따르면 아름다움(Schönheit)은 두 방향으로 작용한다. 다이내믹하게 활력을 주는 방향과 모든 것을 내려놓고 진정시키는 방향이다. 두 가지 모두에는 제각기 긍정적 측면만이 아니라 부정적인 측면도 있다. 힘과 활력이 있어야 무언가를 만들어내지만, 힘을 내려놓아야 많은 것을 볼 수 있다. 따라서 중요한 것은 둘 사이의 균형을 찾아내는 일이다. 힘이 있으면서도 그것을 절제하는 능력을 지니는 것, 그것을 우리는 균형 감각이라고 부를 수 있을 것이다.*

이런 균형 감각을 갖기란 결코 쉬운 일이 아니다. 그러기 위해서는 '미적 교육'이 필요하다. 《빌헬름 텔》에서 스위스 산골의 민중은 폭정에 맞서기 위해 민회를 열고 논의를 통해 합의에 이른다. 여기서 이들은 "칼을 주먹에 쥐고도 자제하는 민족"만이 적에게 올바른 두려움을 불러일으킨다는 사실을 깨닫고 있다. 민회에서 나온 발언인데, 스위스 민회의 이런 관점과 태도야말로 뒷날의 프랑스 혁명 세력과 완전히 다

---

* 실러는 이것을 '미적 상태(ästhetischer Zustand)'라고 불렀다. 프리드리히 실러 《미학 편지》 안인희 옮김, 225쪽 도표 참조.

른 점이다. 이 균형 감각 덕분에 그들은 피를 많이 흘리지 않고 독립을 쟁취할 뿐만 아니라, 뒷날에도 스위스의 독립을 더욱 확고하게 유지할 수 있었다.

이 작품에서 민회를 열기 위한 준비 과정과 민회 자체는 가장 중요한 교육의 장이기도 하다. 주인공 빌헬름 텔은 자신과 가족의 목숨이 달린 극단의 경험과 기적적인 구원을 겪으며 스스로 미적 균형의 상태에 도달한다. 실러는 《빌헬름 텔》에서 미적인 교육의 과정과 함께 그 가장 뛰어난 결실을 직접 구현해 보여주었다.

6. 미적 교육에 어울리는 희곡

이 한 편의 희곡 안에 그 많은 성찰과 철학이 담겼다. 여기에는 민회 모임과 단독자의 행동이 모두 등장한다. 원숙한 극작가가 능란한 솜씨로 구성한 작품은 극도로 절제된 최소한의 언어로 장대한 의미를 펼쳐 보여준다. 스위스 민주주의의 핵심이 여기서 드러난다. 성숙한 시민의식이란 게 도대체 뭔지도 입체적으로 분명해진다. 매우 복잡한 맥락들이 극히 단순한 언어로 놀랍도록 분명하게 서술된다.

몹시 재미있는 이 희곡을 읽으며 스위스 독립의 역사에서 드러난 시민 민주주의의 본질을 깨우치고, 나아가 시민의 성숙이라는 주제로 함께 토론을 벌인다면, 그야말로 미적인 교육의 과정이라 불러 손색이 없을 것이다. 실러는 인간 내면의 참된 성숙과 변화는 주로 예술을 통해, 또는 미적인(균형 잡힌) 관점을 통해 비로소 가능하다는 생각에서 미적 교육이라는 말을 썼다.

젊은이들은 좋은 작품을 읽거나 거듭 감상하고 또한 그에 대해 깊이 성찰하면서 사유의 방법을 익히고, 나아가 삶에서의 자기 행동을 결정하는 데 꼭 필요한 지성을 얻을 수 있다. 사회를 관찰하고 그 맥락과 핵심을 파악하는 지성이 없다면, 지식이 많은들 대체 무슨 소용인가?

인간이 해오던 많은 영역을 AI가 넘보는 오늘날, 무엇을 공부하고 무엇을 할 것인가? 이것은 많은 사람이 스스로에게 내놓는 질문이다. 구식의 아날로그 인간인 나는 미적 교육을 계속해야 할 거라는 한가로운 대답을 내놓는다. 온갖 기술을 익히는 바쁜 시간 사이로, 좋은 작품을 접하려는 노력도 꼭 필요하다. 미적 교육을 통해 인간은 복잡 미묘 한 지성과 인간만의 품위를 유지하고 인간의 고유 영역을 확보할 수 있을 거라고 말이다.

안인희

빌헬름 텔

1판 1쇄 발행일 2025년 11월 17일

지은이 프리드리히 실러
옮긴이 안인희

발행인 김학원
발행처 (주)휴머니스트출판그룹
출판등록 제313-2007-000007호(2007년 1월 5일)
주소 (03991) 서울시 마포구 동교로23길 76(연남동)
전화 02-335-4422 **팩스** 02-334-3427
저자·독자 서비스 humanist@humanistbooks.com
홈페이지 www.humanistbooks.com
유튜브 youtube.com/user/humanistma
페이스북 facebook.com/hmcv2001
인스타그램 @humanist_insta

편집주간 황서현 **편집** 김대일 이성근 **디자인** 차민지
조판 아틀리에 **용지** 화인페이퍼 **인쇄·제본** 정민문화사

ISBN 979-11-7087-390-7 03850